Antonia Quirl
window.

Antonia Quirl

window.

Rediroma-Verlag

Bibliografische Information der Deutschen Nationalbibliothek:
Die Deutsche Nationalbibliothek verzeichnet diese Publikation in der Deutschen Nationalbibliografie; detaillierte bibliografische Daten sind im Internet über http://portal.dnb.de abrufbar.

Dieses Buch ist auch als Schullektüre geeignet. Arbeitsmaterial für den Schulunterricht sind vorhanden und können von Lehrer:innen und Schulen direkt bei der Autorin angefragt werden.

ISBN 978-3-98527-128-3

Korrektorat: Bettina Bergmann @lektorin_do
Coverbild & Endbild: Daniel Steudtner @paperkiddy
Zeichnungen: Aylin Ganswindt

www.rediroma-verlag.de
12,95 Euro (D)

Über die Autorin

Antonia Quirl ist 1988 gesund und glücklich in Bensberg geboren.
Sie lebt derzeit in Leichlingen, im Rheinland und führt voller Freude und Engagement eine Lernpraxis mit dem Schwerpunkt Legasthenie/LRS & Deutsch als Fremdsprache in Burscheid.
Antonia Quirl ist Lerndidaktikerin und unterstützt Kinder, Jugendliche und Erwachsene unter anderem im Schriftspracherwerb.

Im Handel erhältlich:

Mr. Hedgehog und der Fall Kastanie

Der Tag, an dem wir in die Schule gingen, um etwas wirklich Neues zu machen

Samson und Piratenopa

Corona-Logbuch
Was uns im Frühjahr 2020 bewegte
(mit Juna Nieves)

Hier findest du noch mehr:

Instagram: unbekanntesbuchobjekt

Hinweis der Autorin

Die Geschichte sowie sämtliche Figuren sind frei erfunden. Einzig ein Schulgebäude mit seinem Innenhof und einer Skulptur, wie sie im Buch beschrieben wird, diente mir zur Inspiration. Und natürlich lasse ich mich äußerst gerne vom Leben inspirieren. Ich öffne meine Arme und lasse das Leben auf mich prasseln.

Auf Wunsch meiner Leseclub-Mädchen habe ich jedoch einigen Buchfiguren ihre Namen gegeben. Charakterzüge und Wesensmerkmale habe ich dabei nicht benutzt.

Auf dem Instagram Account @willi.window zu diesem Buch findest du Ausschnitte der Entstehungsgeschichte, Hintergrundinfos und Extras zu der Geschichte rund um Willi, Alex, Mo, Vava und Jasper.
Hierzu findest du fett gedruckte Hinweise im Text.

Du hast kein Instagram und willst einfach nur das Buch lesen? Keine Sorge, du verpasst keine wichtigen Details!
Du hast kein Instagram, willst aber die Zusätze einsehen?
Dann schreib uns an: lernpraxis.quirl@gmx.de

für dich

Kapitelübersicht

Kapitel 1

Draußen das Leben

Willi schaut aus dem Fenster.
Und währenddessen passiert das Leben.

Unser aller Leben.
Willis Leben.

Selbstläufer.

Aber Willi schaut nur raus. Das ist dann so, als wenn mein Leben hinter mir ist, so im Hintergrund.

So sieht ihr Leben aus.
Nicht nur jetzt, in diesem Moment. Nicht nur hier, an ihrem Fensterplatz im Klassenraum. Auch später, wenn ihre Mutter sie mit dem Auto von der Schule abholt. Jeden Tag gestresst und mit Headset im Ohr, „Hallo, Schatz … Nein, ich bin dran, ich bin dran, natürlich können wir bis zum Meeting fertig werden …"

Dieses ätzende, peinliche businessmäßige Working-Mom-Klischeetelefonieren schlägt ihr entgegen und Willi nimmt wortlos ihren Platz auf dem Beifahrersitz ein. Montags bis freitags einfach jeden fucking Tag nimmt Willi wortlos den staubigen Bussitz ein, nimmt Willi plumpsend den harten Plastikstuhl im Klassenraum ein, nimmt Willi ständig irgendeinen Platz ein und schaut aus dem Fenster.

Als wenn ich Land einnehmen würde und eine Fahne reinstecken würde! Ich habe diesen Platz eingenommen, er ist meiner! Haha, haha. Aber na ja, in Wahrheit nehme ich nur den Platz ein, der mir zugewiesen wird. #passiv

Beim Klavierunterricht, montags, schaut Willi aus dem Fenster.
Bei der Mathenachhilfe, dienstags, schaut Willi aus dem Fenster. Bei der Jugendtherapie, freitags, schaut Willi aus dem Fenster.
Also, hauptsächlich.

Natürlich tut sie auch Dinge, die andere Menschen tun: Essen, Schlafen, Atmen, Gehen, Sitzen, Reden, wenn es sein muss. Sie ist immerhin auch ein Mensch. Eine Jugendliche. Eine Tochter und Schwester und Schülerin. Eine Freundin ist sie auch. Aber keine beste von irgendwem.
Wie auch immer. Das, was sie am meisten tut und am liebsten tut, ist, aus dem Fenster zu schauen, zu starren eher. Ein freiwilliger Automatismus. Der Blick sucht das Fenster. Um durch das Fenster hindurchzuschauen. Weiter. Weil da draußen etwas ist. Immer. Menschen, Autos, ein zusammenhangloser Teil von Geschichten, von so vielen Geschichten, die ineinandergreifen oder auch nicht. Sich streifen, sich übereinanderlegen und sich unendliche Male vervielfältigen. Wolken, Regen, Wind, Vögel, Blätter, Insekten und vor allem Schattenspiel.

Doch so eine abwesende Jugendliche, sagen die Leute, ist doch nicht richtig. Da stimmt doch was nicht.

Aber Willi findet, die anderen sollen die Schnauze halten und sich schämen, dass sie denken, sie könnten entscheiden, was richtig oder eben nicht richtig ist.

Willi findet, sie ist nicht abwesend, ganz im Gegenteil nämlich findet sie, dass sie besonders anwesend ist. Nur halt auf der anderen Seite des Fensters. Auf der anderen Seite ihres Lebens.

Alle fragen sie, warum sie das tut. Das mit dem Hinausgucken. Und meinen aber eigentlich: Hör auf damit. „Hier spielt die Musik."
Keiner fragt: „Was siehst du da draußen?" Abgesehen – beispielsweise – von rhetorischen Fragen Herrn Hubermanns, á la „Hast du da draußen ein Vögelchen gefunden, das dir die Lösung der Aufgabe zuzwitschert, Wilhelmine?"

Man, ey! Was bitte schön antwortet man darauf?

Aber egal.

Jap. Ich heiße Wilhelmine. Das fanden meine Eltern damals schick. Das klingt so nach gutem Hause, sagt meine Mutter immer. Oh man! Voll peinlich, wenn sich dann herausstellt, dass man nämlich nicht aus gutem Hause kommt. Lol.

Niemand sagt Wilhelmine.

Es ist Dienstag. Es ist noch früh, zweite Stunde Englisch bei Frau Reimer, nicht zu verwechseln mit Herrn Reimershagen.

Ohne Witz, da hat man 35 Lehrer, oder so ungefähr, und da heißt eine von denen Reimer und einer Reimershagen. Natürlich ist das Erste, was einem dazu einfällt, dass die beiden heiraten sollten und Frau Reimer sich dann für einen Doppelnamen entscheidet, wie es Lehrerinnen nun mal so machen. Frau Reimer-Reimershagen. Vielleicht sind die beiden aber auch schon längst verheiratet und Herr Reimershagen hieß Herr Hagen ... obwohl man sich nicht vorstellen kann, warum eine Frau Herrn Reimershagen heiraten sollte ... Na ja wie auch immer, Standard-Jokes der Schule halt.

Also, zweite Stunde, Englisch, Raum 103, im Pavillon. Die Räume mit den türkisfarbenen Tür- und Fensterrahmen.

Nicht, dass das wichtig wäre für irgendwen. Nicht, dass sich jemand jemals Gedanken darüber gemacht hätte, dass man Tür- und Fensterrahmen NICHT in Türkis streicht. *Wenn* man darüber nachdenken würde, würde man nämlich zu dem Schluss kommen, dass man so was einfach nicht macht!

Aber das weiß man nur, wenn man aus dem Fenster guckt. Wenn man so lange aus dem Fenster guckt, dass die Konturen verschwimmen. Außer das Türkis. Das verschwimmt nämlich irgendwie nicht, zumindest nicht ganz. Es bleibt ein dünner türkisfarbener

Rahmen. Und das stört das Auge. Tut weh. Zumindest sieht Willi das so.

@willi.window 1
Schick mir ein Foto von der Aussicht aus deinem Klassenraum!

Hauptsächlich klappt das.
Das mit dem Rausgucken, während ihres Lebens.
Als Schülerin hat man relativ viel Zeit zu starren. Zeit, sich rauszunehmen. Zeit, sich berieseln zu lassen, passiv zu sein. Man sagt einfach: Sorry, nicht aufgepasst grad, ne, keine Ahnung, ähm, das wollte ich auch gerade sagen oder so.

lol.

Man stört zumindest keinen. Man verschwindet einfach und ist doch Teil des Klassenraums, doch inaktiver Teil der Situation.

Kapitel 2

Draußen das Fremde

Willi denkt über das Fremde nach.
In der zweiten Stunde. Englisch bei Frau Reimer.

Alles ist so ernüchternd unfremd.

Alles ist so, wie es ist. Nicht überraschend.
Nicht anders. Nur so.

Willi weiß, wie sich Schule anfühlt und Zuhause. Alle Gefühle von Schule und Zuhause. Die schlechten, die okayen, die fast guten.
Willi weiß, wie der Schulbus riecht, noch bevor sie einsteigt. Weiß, wie sich die Tasten des kalten Klaviers unter den Fingerkuppen anfühlen und wie ihr Essen schmecken wird, *egal welches*, bevor sie es sich in den Mund schiebt.

Vielleicht denkt Willi über das Fremde nach, weil das Vertraute so leer ist.

So traurig, so nichtssagend, so scheiße vielleicht?

Willis Mutter sagt, dass man als Jugendliche einfach durchhalten muss.

Sie hatte wohl selbst eine beschissene Zeit als Jugendliche, denn ein toller Tipp ist das jetzt ja wohl nicht. Oder: Sie hatte – im Gegenteil – eben keine beschissene Zeit und weiß gar nicht, worum es geht! Oder: Sie hat ihre eigene Jugendliche einfach schon begraben.

„Man fühlt sich einfach mies" *Achselzucken von Mama, dann ein bisschen Blabla über Hormone, ein bisschen Blabla über Schule, darüber, dass man nicht klein, nicht groß ist …

So traurig, so nichtssagend, so scheiße vielleicht???

Also danke, Mama ... ähm, für nichts!

Das Fremde.
Willi hat vor ein paar Tagen eine Dokumentation über Usbekistan gesehen.
Das tut sie ständig.

Dokumentationen gucken.

Auch eine Art von Fenster.
Da gibt es die Dienstagszeremonie. Im fremden Usbekistan.
Haben Frauen etwas zu feiern, findet das dienstags statt. Sie küssen sich links und ganz oft rechts, setzen sich auf den Boden und essen gemeinsam. Willi würde gerne wissen, worüber sich die Frauen dann unterhalten. Man weiß einfach nicht, was Menschen einer anderen Kultur so sprechen, wenn keine Kameraleute dabei sind.

Willi würde es gerne wissen. Sich einfach dazusetzen und zuhören, wie sie so sprechen, die fremden Menschen, die ein fremdes Leben leben, in einer fremden Welt zu Hause sind und alles so anders machen als die Menschen in Willis Leben.

Und selbst, wenn sie dasselbe machen, machen sie es doch irgendwie auf eine Weise fremd.

Willis Dienstagszeremonie ist Mathenachhilfe und danach eventuell ein Essen aus der Mikrowelle, das meist an Fadheit mit dem Freund ihrer Mutter konkurriert.
Ihre Freundin Leana hat eine Donnerstagszeremonie. Da gibt es bei ihr zu Hause immer Spaghetti Bolognese. Weil da alle – Leana, ihr kleiner Bruder Simon, ihre Mutter und ihr Vater – früh nach Hause kommen.

Und letztens, da lief vor Willi auf der Straße eine Mutter mit ihrem Kind, Schulranzen auf dem Rücken und offene Schnürsenkel, die Willi in ihrem Auf und Ab verfolgte.
Sie hörte, wie die Mutter zu ihrem Sohn sagte, später würde es Pfannkuchen geben und dann Kinoabend. So wie jeden Freitag.

Und dann hat der Junge „Juhuu!" oder sowas gejubelt. Was man dann halt so jubelt, wenn man erfährt: Heute gibt's Pfannkuchen und Kinoabend.

Und Willi hat sich gewünscht, einfach weiter hinter Mutter und Sohn hergehen zu können. Seine Schnürsenkel beim Tanzen zu beobachten und das beruhigende Gefasel der Mutter in den Ohren zu haben. Sie wäre einfach weiter hinter ihnen hergegangen, wäre mit ihnen in ihr Haus gegangen und hätte am Küchentisch sitzend gewartet, bis die Pfannkuchen fertig sind. Die Pfannkuchen, die in der Küche brutzeln und deren Geruch bis zum nächsten Morgen im Haus herumgeistern würde.
Und dann hätte Willi Zuckerrübensirup laufen lassen auf ihren Pfannkuchen, der so groß wäre, dass er über den Rand ihres Tellers hinge und sie hätte ihn in geometrische Stücke geschnitten. Das hätte sie gern gemacht. Einfach, weil es so fremd war.
In einem fremden Haus fremde Pfannkuchen essen.
Aber dann ist sie zur Mathenachhilfe abgebogen und abends gab es keinen Kinoabend, sondern irgendeinen unfremden Abend, an den man sich schon gar nicht mehr erinnern kann, sooo nichtssagend war er.

@willi.window 2
Pfannkuchen mit Zuckerrübensirup

Und dann gab es da noch einen Mann, in der

Reportage, der hat Bilder gemalt. Stundenlang,

tagelang und jahrelang, Pinselstrich für Pinselstrich, mit den weichen Härchen der Eichhörnchenöhrchen. Ein Pinsel aus Eichhörnchenöhrchenhärchen.

Ich glaube, das ist das schönste Wort, das man

sagen kann,

Eichhörnchenöhrchenhärchen

nein, bestimmt gibt es schönere.

Wörter mit Liebe.

Aber da kennt Willi sich nicht so mit aus. Mit den Wörtern mit Liebe. Das ist schwierig. Denn davon gibt's wenig.

Also von der Liebe und deshalb dann auch von

den Wörtern.

... ja, das mit der Liebe ist so eine Sache, ne?

Wenn wir das Fass jetzt öffnen, das mit der Liebe, dann gibt's kein Halten mehr. Dann ertrinken wir an Nicht-Liebe. Dann steigt die Flut über die Knöchel, die Waden hinauf, schwappt einladend an die Hüftknochen und schließt sich dann, mir nichts dir nichts, um den Bauch. Kitzelt unter der Brust die Rippen hoch und klatscht ans Kinn, drängt gegen den Mund, spült in die Ohren, fließt in die Augen. Tränen, die nach innen weinen. Rinnen die Kehle hinunter, tropfen in die Bauchhöhle. Tropfen für Tropfen.
Das Meer der Nicht-Liebe ernährt die ganze Welt und kaum einer merkt so richtig, dass es Salzwasser ist, was wir da saufen.

Und da sind wir auch schon mitten im Thema Liebe.
Obwohl man nie weiß, wovon gerade geredet wird. Von der Liebe oder der Nicht-Liebe.

Irgendwie geht nix ohne sie.

Hauptsache, mal in die Nähe kommen. Kreis für Kreis.

Sie ist immer das, was fehlt.

Kapitel 3

Draußen die Liebe

So sehr sich Willi die Fremde vorstellt, so wenig kann sie sich die Liebe vorstellen.
Und als Teenager ist das schlimm.

Aber wer kann sich schon die Liebe vorstellen?

Ich kenn keinen, der das kann

In keiner Zeit des Lebens will man mehr lieben als in der Jugend. Und in keiner Zeit gelingt es weniger.

Das hat bestimmt doch mal irgendwer schon gesagt, der dann berühmt wurde.

Man will sich verschenken, vergeben, weggeben, abgeben. Sich an jemanden anlehnen und verbinden.
Ach, man hat doch gar keine Ahnung. Nie. Und halt besonders nicht, wenn man jung ist.
Und sich fühlen will. Was fühlt man dann schon?

Verliebtsein.
Ich bin verliebt in dich, sagen. Du bist verliebt in mich, wissen.

Bin die Eine für dich, <3

will dich nie verlieren.

Schönstes Girl der Schule, hören.

Nervenkitzel. Kribbeln. Zu wem gehöre ich jetzt?
Möchte jemand, dass ich zu ihm gehöre?
Und dann?

Willi war schon mal verliebt. Glaubt sie zumindest.
Öfters schon. Mit Schmerzen und so.

Was geht schon ohne Schmerzen?

Da war Fabi. Als erstes. Ach, früh schon.

Komisch, dass man ganz genau weiß, wenn man verliebt ist, ohne zu wissen, was verliebt sein bedeutet.

Oh mein Gott, Fabian! Unnötig.

Wer kann denn auch ahnen, dass ein smarter Grundschuljunge zu einem hängengebliebenen, pummeligen, fußballbesessenen Jugendlichen mutiert.

Lassen wir das Thema!

Da war Ben.
So schön und so cool.
So fremd und unerreichbar, mit seinen schlaksigen Beinen und seiner Basecap und seinen Lachfalten.

Diese Lachfalten haben so weh getan im Herzen.

Kaboom!

Irgendwann war das vorbei. Ausgebrannt. Manchmal klappt das. Wenn man das Feuer einfach kontrolliert brennen lässt, bis die letzte kleine Flamme erlischt. Da darf kein Wind kommen, kein neuer Brennstoff, nichts.

Und da war Miri.
Mit ihren feinen Nackenhaaren und dem Muttermal hinter ihrem linken Ohr.

Miri war so anders. Und ich wollte sie küssen,

küssen, küssen.

Miri hat geprickelt wie der allererste Sekt.
Getrunken mit dem Mund am Flaschenhals.
Herb und süß und neu und verboten und überschäumend schnell ist sie in Willi geflossen.
Aber nie wirklich. Nur in Willis Idee.
Bis Miri die Schule verließ und Willi zurückließ, mit einem dumpfen Kopf und einem faden Nachgeschmack im Mund.

Wie sie gerochen hat.

Physik wird immer so riechen wie Miri aus der 8b.

Crush 1, 2 und 3,

jo, das reicht jetzt auch!

Kapitel 4

Draußen die Sinne

Alles fühlt sich an wie Matsche. Wie eine lauwarme, homogene Masse. Farblos. Geschmacklos. Sinnlos.

Willi wünscht sich Lebendigkeit. Ohne zu wissen, was das ist. Ohne zu wissen, ob es sie überhaupt gibt.

Willi wünscht sich Hitze, Wüstenhitze. So anhaltend und immer, dass man nach und nach einfach aufhört sich anzuziehen. So, dass man mittags in eine dunkle Kammer kriecht und überall rostige Ventilatoren stehen, die quietschend hin- und herschwingen und bunte Flatterbänder in die Höhe pusten. Die Holzlamellen vor den Fenstern projizieren ihre Schattenstreifen von der Sonne in die Räume.

Aus welchem Film ist diese Szene?

So heiß, dass man ganz ruhig wird. Zuhört, wie die Atmosphäre knistert und träge vor sich hinstarrend eine überreife Orange auslutscht, die einem ihren bitteren, süßen Saft auf die salzige Haut tropft. Der sich als Rinnsal seinen Weg sucht, runter, schnell, schnell, durch das Tal der Brüste, sich halb verlierend im Bauchnabel und verschwindend klebrig zwischen den Oberschenkeln.

Ähm, und aus welchem Film ist DIESE Szene?

Oder Kälte. So richtige Kälte erleben. So, dass man Angst hat, die Zehen würden einem abfrieren. Sie anfassen, immer wieder, um zu spüren, dass sie noch da sind, die einzelnen, kleinen krummen Zehen am Ende des Körpers. Oder ist da unten der Anfang? So kalt, dass man ganz steif wird, als würde Knochen auf Knochen reiben.
Es schneit und es schneit weiter, sodass die Welt versinkt und die eigenen Beine. Und alles still wird, klar wird. Dunst. Nebel, grau in weiß in blausilbern. Den eigenen Atem ausstoßen, beobachten, wie er davonzieht.
Die Wasserleitung – eingefroren, und heißer Tee, gekocht aus Schnee und grünen Blättern, verbrennt Lippen, Zunge, Gaumen, breitet sich dann wohlig warm im Innen aus, das man so intensiv spürt, wie noch nie zuvor.

Willi wünscht sich Weite, die so weit ist, dass es einem das Herz sprengt, und Nähe, die so nah ist, dass alles verschwimmt und jeder Millimeter eine ganze Welt ist.

Und Willi stellt sich Musik vor. Musik, wie sie sie noch nie gehört hat. Eine Art von Musik, die den ganzen Körper trifft. Den äußeren Körper, den inneren Körper. Ein Didgeridoo!

Und Düfte, die nach Heilung riechen und nach Leben, nach einer Idee von etwas. Gerüche, die nach Liebe riechen und nach Natur und Nahrung, guter Nahrung, echter, nach mit vielen Händen aufwendig hergestellter Nahrung. Gerüche, die fremd sind und vertraut und irgendetwas ganz tief in einem wachrütteln. Und ein Geschmack, sodass man denkt, man würde das erste Mal schmecken.

Und Fremde und Heimat.
Erde und Himmel.
Natur, Kultur, Religion, die Welt.

Wie ein Besucher leben. Ein Gast sein.
Ja, immer wissen, dass man ein Gast ist.

„Nimm Platz für einen Moment."
„Schau hier!"
„Probier dies!"
„Kennst du das hier schon?"

Aber Willi ist kein Gast.
Wird nicht durch die Welt geführt und eingeführt.

Willi fühlt sich abgesetzt, abgeworfen, vom Storch per Zufall verteilt. Aus dem Schnabel gefallen, das kleine Beutelchen mit Willi. Hineingeworfen in eine Familie, wenn man es denn Familie nennen kann, was sie da jetzt um sich hat.
Obwohl es damals wohl noch so war. Mit Papa. Nur, dass Papa dann auch schon ziemlich schnell weg war und Willi nicht auf Papas Schultern sitzen und dabei kichern konnte.

Und das ist es dann. Dein Leben. Hier, bitte schön, jetzt mach mit. Oder so. Denn das ganze Jetzt fühlt sich so endgültig an, als dürfte man gar nichts ausprobieren. Weil alles so ernst ist. Weil alle so ernst sind und endgültig und gewissenhaft und durchdacht und mit einem Plan.
Keiner geht rum und guckt mal so.

Viele gehen ins Ausland, klar, machen Reisen, manche sogar große Abenteuerreisen. Aber nur so als Konzept.
Die Leute trennen sich, betrügen sich, lassen sich scheiden, wechseln die Firma, legen sich einen neuen Haarschnitt zu und sprechen unentwegt davon, sich selbst neu zu erfinden, bis sie dann sagen, sie wollen sich finden und ganz sie selbst sein.
Aber alles nur als Konzept.

Die westliche Welt hat das Wort nativ genommen und es von gebürtig, ursprünglich in naiv umgeformt. In leichtgläubig, unwissend. Genau so läuft das doch ab, denkt Willi.

Scheiße.

Das mit Miri zum Beispiel. Hat Willi nie jemandem gesagt. Weil sie sich dann hätte entscheiden müssen.
„Dann bist du also lesbisch?“, hörte sie die Stimme ihrer Mutter in ihrem Kopf.
Und ab dann wäre Willi eine andere gewesen in den Köpfen aller.
„Nein, ich mag auch Jungs“, hätte Willi dann gesagt und dann wäre sie halt bi gewesen, ab diesem Moment. Und dann wäre sie auch eine andere gewesen in den Köpfen aller.
Aber Willi wollte das nicht. Will das nicht. Willi will nichts sein. Nichts und alles. Einfach frei.

Denn bi ist auch eine Begrenzung. Irgendwie ist alles eine Begrenzung.

Kapitel 5

Draußen die Weite

Aber vielleicht ist das alles zu schablonenhaft. Das mit den sehnsüchtigen Vorstellungen von der weiten Welt da draußen.
Vermutlich ist das alles viel zu romantisch, ganz bestimmt sogar. Aber manchmal gibt's das doch, oder?

Oder es ist einfach zu sehr Instagram.

Salzige Luft in der Bretagne, die Haare ganz wild und klamm, klebrig, der Blick aufs Meer, weit und noch weiter hinaus und so elementar, dass es einem wieder einmal das Herz zersprengt.
Bunte Kleidung und verrückte Zeremonien, die Tage dauern.

New York City, Baby!

In einem indischen Tempel auf dem kalten Boden sitzen.

Ist der Boden eines indischen Tempels kalt?

Ich möchte das wissen!

Die Rinde eines Mammutbaums anfassen vielleicht und die Wange daran streichen.
Auf dem Boden mit dreckigen Händen Injera essen.
Etwas Neues lernen. Erfahrungen machen. Mit Machen und Tun.

All die Orte von Instagram, aber in echt.

#nofilter #reallife

@willi.window 3
Zeig mir dein schönstes Bild ohne Filter

Einfach Weite. Wo es zu Hause bei Willi so eng ist. So eng in dem großen, blanken Haus von Mamas Freund. Und in Bergisch Gladbach sowieso. In dem kleinen Örtchen, das nicht mal eine Stadt ist.

Nur ein Ort der Stadt, vor der Stadt. Noch nicht einmal ein dreckiges, gotisches, ursprüngliches, authentisches Köln. Noch nicht einmal ein schickes, metropolisches, modernes, gestyltes und feines Düsseldorf.

Nein, nur ein Ortsteil von Bergisch Gladbach, vor der Stadt. Da ungefähr, wo Heidi Klum herkommt. Wow. Cool. #ironie

Kein bisschen weit. Eher eng. Nett. Beschaulich. Für alle, die ein nettes, kleines, enges, beschauliches Leben leben wollen, sagt Willi zu ihrer Mutter, ist das doch hier ein Paradies.

Ein fucking Paradies!

Hier könnt ihr euch alle von morgens bis abends vollspießern!

Und dann brüllt Willis Mutter. Dann hat sie nämlich den Kaffee auf, sagt sie.
„Du hochnäsiges, kleines Luder! Du hast doch gar keine Ahnung!"

Habe ich auch nicht. Aber ich hätte gerne eine!

„Bau dir doch erst mal so etwas auf!
Guck DU, Fräulein, dass DU erst mal deine Schule schaffst.
Deine mittelmäßige Schule in deinem mittelmäßigen Leben machen und in deinem mittelmäßigen Zuhause vielleicht auch mal einen mittelmäßigen Beitrag leisten!"
Und damit war das Gespräch dann beendet.

Mama, ich will doch einfach nur wissen, ob ich wach bin!

Ich will wissen, ob ich wach bin!!!
Nein, scheiße, ich weiß, dass ich schlafe.

Ich möchte neu sein auf der Erde und mich wundern!

Wach sein, so richtig wach!

Das will Willi rausschreien. Aber da ist dann plötzlich keine Stimme mehr. Keine Kraft.
Und dann kommt Willis Trauer und überrollt sie. Packt sie immer von hinten, stülpt ihr einen staubigen, dunklen Sack über, umschließt sie und Willi lässt sich fallen. Hinein in den Sack, als wäre er ihre Stütze, ihre feste, ruhige Umarmung von hinten, hält sie, wärmt sie, macht alles dunkel und Willi schließt die Augen.

Sie findet Trost in ihrer Trauer, sie ist ihre Sicherheit, altbekannt. Sie kommt immer wieder. Und immer wieder lässt sich Willi viel zu tief fallen, so ergeben dem Schmerz, als hätte man ihr alle Faszien entrissen. So, dass ihr Knochengerüst klappernd auseinanderfällt. Ein kleiner Knochenhaufen auf dem Fußboden. Die wabbelige Hauthülle daneben.

Und die Innereien, die Gedärme und so?

Deshalb Jugendtherapie, freitags.
Weil Willis Traurigkeit so groß ist und ihre Lust so klein ist und sie irgendwie zu sehr *aus dem Fenster weg* ist.
Willis Mutter hat gesagt, so geht das nicht mehr, und ihr Freund hat ihr zugestimmt. Natürlich hat er das! Ha, der sieht mich doch schon in der geschlossenen Jugendpsychiatrie.

Frau Buchwald hat ein schönes Fenster. Gemeinsam sitzen sie da freitags für eine Stunde, sich gegenüber am Fenster, jede in ihrem Sessel und starren sich an. Frau Buchwald starrt sie an und Willi starrt in regelmäßigen, höflichen Abständen zurück. Hauptsächlich schaut sie aber aus dem Fenster, hinaus zur Straße, aus dem zweiten Stock hinunter. Der zweite Stock in einer Seitenstraße,

nahe der Einkaufspassage in Bergisch Gladbach. Da gibt es immer viel zu schauen und besonders freitags nachmittags. Wenn alle Menschen ins Wochenende springen und somit in die Stadt. Weil man dann was kaufen muss. Immer muss irgendetwas gekauft werden.
Trist und grau sieht das meistens alles aus in diesem Betonkäfig. Die Matsche halt. Aber ab und an blitzt etwas Besonderes auf, Extravaganz. Kann man ja schon sagen, wenn sich eine Dame mit einem knallroten Mantel bekleidet.
Da flattern Tauben schwerfällig von zu viel Weißbrot durch die Gasse, schwebt ein Blatt in Wellenbewegungen gen Boden, wird aus einer Wolke ein Nashorn. Regentropfen tropfen.
Stadtstreuner, das ist so ein schönes Wort und doch wird es nicht benutzt, oder? Für die Obdachlosen, die Penner, schleichen, auch in Wellenbewegungen um den Mülleimer herum, der da unten an einer Laterne hängt, greifen hinein, holen etwas heraus oder auch nicht.

Buchwald.
Willi findet, der Name klingt nach einer Stadtvillenallee. So, wie es sie in jeder Stadt gibt. Die eine gute Straße. Durch die man ab und an mal hindurchspaziert und träumt, man würde gleich ein schmiedeeisernes Törchen öffnen, den

Kinderwagen von Jacquard hindurchschieben und mit seinem smarten, frisch vermählten Junganwalt mit runder Hornbrille die zwei Stufen zur Villa hinaufsteigen.

Buchwald-Allee. Die Straße, in der immer die anderen wohnen. Die guten Familien, die sich für Kunst interessieren und an den Wochenenden in Vorstellungen und Ausstellungen gehen und in den Osterferien in den Ski-Urlaub fahren.

⇩

Klischee.

⇧

Die, die immer, wirklich immer, perfekte Hände haben. Keine Ahnung, wie die das schaffen! Ich wünschte, jemand würde sich um mein Nagelbett kümmern, also um alle Nagelbetten. Oder sagt man Nägelbetten?

@willi.window 4
Buchwald-Allee, wohnst du stilvoll oder lebst du stilvoll?

Und ein bisschen so sieht sie auch aus. Also, Frau Buchwald Wie aus der Buchwald-Allee. Nur nicht ganz so schick. Nur ohne Perlenkette. Aber mit schönen Seidenblusen. Mit bunten, die am Hals so eine Schleife haben.

Sie ist eine stilvolle, extravagante Dame, die man jünger schätzt, als sie ist. Bestimmt kann sie sich als Therapeutin teure Gesichtscremes leisten.

Frau Buchwald sagt, du fühlst dich nicht, Willi. Und Willi sagt, ja klar, das weiß ich. Ich fühle nicht mich, nicht irgendetwas anderes. Zumindest nicht so richtig. Aber ich denke, das ist normal. So fühlt doch jeder. Wer will schon viel fühlen? Das will doch keiner aushalten. Frau Buchwald grinst und nickt.
„Du willst das."
„Ja. Stimmt."

Kapitel 6

Draußen die Angst

Und auch Angst haben. Vor den richtigen Dingen. Nicht davor, das nächste Referat vor der Klasse zu halten.
Nicht davor, dass man den Bus wieder nicht kriegt. Mittwochs nach der 7. Stunde, weil Frau Steck mal wieder überzogen hat.
Nicht davor, dass Mamas neuer Freund mal wieder mit schlechter Laune nach Hause kommt.

Weiß ich eigentlich wirklich, was Angst ist?

Angst haben, vielleicht vor der Natur, weil sie so groß und gewaltig ist und man selbst so klein. Angst haben, weil man so fremd ist in der Fremde und so atemraubend einsam.

Einfach Angst haben, vor den wahren Dingen.

Weil man dann mehr fühlt.

Und Überwindung. Echte Überwindung.
In einen kalten, dunklen See gehen, über spitze Steine gleiten, mit den Armen rudernd das Gleichgewicht halten, der Wind streift kalt um die nackte Hüfte und die Wirbelsäule, um sich zu waschen, weil man muss.
Bei einem Tanz eines Naturvolkes mittanzen und seine Scham überwinden.
Eine fremde Sprache nicht verstehen und sich dann etwas einfallen lassen.
Eine fremde Sprache lernen – indem man sie spricht, mit den Menschen, die sie sprechen, die in ihr leben. Mit Spaß und Lachen und die Grammatik kommt dann einfach hinterher, anstatt zuerst.
Gruseligen Menschen begegnen und nicht nur die unfreundlichen, schlecht gelaunten Fratzen mit ihrer dekadenten Maulerei im Supermarkt an der Kasse aushalten.
Keine Überwindung à la: Wer ext die Flasche Wodka am schnellsten?
À la: Wer entlockt jemandem ein Nacktfoto und stellt es dann online?
Körperliche Anstrengung, weil der Berg so hoch, so steil ist und der Gipfel immer noch nicht erreicht.
Und nicht, weil man das zehnte Mal in Folge in einer nach Gummi und altem Schweiß und

alten Medizinbällen stinkenden Sporthalle im Kreis gelaufen ist.

Die Angst und Einsamkeit, die Beklemmung der Nacht, in der Fremde.
Willis Mutter sagt, sie soll nicht immer so krass sein. Hoffentlich legt sich das nach der Pubertät wieder, ganz bestimmt sogar, beruhigt sie sich und ihr Leben und ihre Lebensumstände und ihre Entscheidungen.

SIE ist einfach nicht krass genug ...

Kapitel 7

Draußen die Mittelmäßigkeit

Irgendetwas knallt vor Willis Kopf.
Schwer und ruckelnd schiebt sich dieses Etwas an ihr vorbei.
Rucksack-Material, ein metall-kalter Reißverschluss.
„Danke, du Spacko", murmelt Willi angenervt und klettert somit aus ihrer Innenwelt hinaus in die Außenwelt.

Wie leben wir eigentlich? Von innen nach außen oder von außen nach innen? Oder irgendwie beides gleichzeitig? So durchfließend?

@willi.window 5
Wie leben wir eigentlich? Was denkst du?

„Gerne, window!", kommt es zurück.
Von Mo. Klar.

window.

Ja, das ist ein dummer Spitzname. Aber dumme Jugendliche denken halt nur ganz dumme und einfache, naheliegende Sachen.

Es klingt so wie Willli Wonka, und das ist das Blödeste daran.

@willli.window 6
Willi Wonka

Willi steht auf, wirft sich ihren Rucksack über die Schulter und dackelt hinter den anderen her. Ihre Jacke hatte sie gar nicht ausgezogen. Ein Schutzpanzer. So ein dicker und warmer und gemütlicher Schutzwall, der die Außenwelt nicht so direkt auf ihre Haut lässt, der die Außenwelt abfedert, dämpft. Watte zwischen Willi und der Welt.

Und jetzt raus aus dem Pavillon, auf den Schulhof, in die erste Pause. Da verliert sich die Traube der Schulkassen-Schüler. Immer gleich. Immer die gleichen in die gleiche Richtung. Und Willi immer zu der einen Bank. Ihrer Bank. Gleich kommt Rayan mit ihrem gelben Ordner unter dem Arm und Leana mit einem Käsebrötchen aus der Mensa und Paula kommt lachend mit Pia. Und dann sitzen sie da,

gequetscht auf der Bank und auf dem Boden hockend und sitzend, wenn Sommer ist, und stehend, wenn kein Sommer ist und interessante Jungs in der Nähe sind. Ab und an stößt Feenja dazu, aus der Parallelklasse. Weil sie sich alle kennen, schon seit der Grundschule. Was soll man sonst noch sagen, über diese Mittelmäßigkeit an zwanzigminütiger Pause. Denn das ist sie. Auch wenn man vielleicht denkt, diese Pausensituation liest sich doch wie der Ausschnitt eines amerikanischen Highschoolfilms.
Eine Mädelsclique.
Eine blonde Tussi, eine braunhaarige Schönheit, eine dunkelhäutige mit Lockenmähne und Jeans-Latzhose, eine dicke, aber dafür extrem

witzig und rappend oder so, ne?

So ist es nicht. Zumindest fühlt es sich nicht so an und sieht auch nicht so aus. Aber was fühlt sich schon so an wie ein amerikanischer Highschoolfilm?
Ach, was erwartet man auch von einer zwanzigminütigen Schulhof-Pause am Montag, am Dienstag, am Mittwoch, am Donnerstag, am Freitag. Eine Pause, die man machen muss, weil man in der Schule ist, zu der man gehen muss. Es wird gegessen oder gehungert. Und hauptsächlich werden Sachen gegessen, die nicht schmecken oder ungesund sind. Es wird geraucht, in der Toilette oder hinter der Sporthalle, angelehnt an die Steinwand der Halle, die mit den kleinen Steinchen. Die vielen

kleinen Steinchen, die im Sommer so schön kühlend und massierend gegen den Rücken drücken.
Es wird geredet, gelästert, gestritten, sich beschwert, bei den Lehrern, bei den Freunden, bei sich selbst. Es wird gepetzt, flaniert und gestanden, meist in Gruppen.

Es wird festgestellt, dass man Gott sei Dank! Ich hab echt voll das Gefühl gehabt. nicht durchgeblutet ist und dass Tom in NW ständig rübergeguckt hat.

Paula bearbeitet ihre Tik-Tok-Videos. Rayan kaut an ihren Fingernägeln. Feenja hat Liebeskummer oder schreibt Bio-Hausaufgaben ins Reine oder hat Liebeskummer und macht ein Deckblatt für das nächste Referat. Leana isst ihr Käsebrötchen und quasselt, quasselt und kaut und quasselt. Pia hört zu, nickt, stimmt zu, sagt so Sachen wie: „Ja, voll, oder??“
Und Willi. Sie sitzt auf der Bank, in der Mitte der Welt, und schaut sich um.
Nicht dramatisch, tiefsinnig und als wäre sie der Vogel aus der Vogelperspektive in dieser Schulhofpausen-Situation.
Willi sitzt auf der Bank, ganz alltäglich, schaut sich um, weil sie sich optisch so schnell fangen lässt. Von allem. Von all der Mittelmäßigkeit. Immer raus, weg, von innen nach außen gucken. Draußen.

Und drinnen Düsternis.

Nach einer kurzen Zusammenfassung der harten Fakten Mittelmäßigkeit, heißt es also wie folgt:

⇩

Zumindest ist ja wohl eines klar:

⇧

Willi geht montags, dienstags, mittwochs, donnerstags und freitags in eine Gesamtschule in Bergisch Gladbach, ziemlich lange am Tag sogar. Eine Zwei, ein paar Vieren, am meisten Dreien stehen am Ende jedes Schuljahres dann dafür auf Willis Zeugnis, auf ihrem Leistungsnachweis. Leistungsbeweis. Die ganze „Bildung“ ist dann schon längst wieder erbrochen, die Leistung ist geblieben. Klavierunterricht am Montag, Mathenachhilfe am Dienstag, Jugendtherapie am Freitag.

Da gibt's Willis Mutter. Eine Mutter mit neuem Freund und eine kleine Schwester. Emma.

Mittelmaß.

Durchschnitt, Querschnitt.

Willi. Ein bisschen zu schlaksig, aber im Grunde genommen Einheitsgröße. Ein bisschen depressiv? Pessimistisch? Gelangweilt? Angeödet?

Haare liegen auf den Schultern. Aschblond oder so.
So sehr basic wie Jeans und T-Shirts und formlose kurze, breite Pullis und Leggins und knielange Strickjacken und baumwollene Hängekleider in uni, Turnschuhe, Fjällräven-Rucksack, senfgelb.
15 Jahre.

Nicht gut genug, um aufzufallen.
Nicht schlecht genug, um aufzufallen.

Setzen Sie bei „gut" und „schlecht" beliebig weitere Adjektive ein.

Zumindest ist ja wohl eines klar. So kann es nicht weitergehen.

Kapitel 8

Draußen das Unbekannte

Und wir sprechen hier nicht von einer Typveränderung.
Nicht davon, vielleicht mal mit Pia zum Thaiboxen zu gehen, sich die Haare schneiden zu lassen oder sich einen Nebenjob zu suchen.

Nein.

Es muss was richtig Krasses sein!

Irgendwas, damit das Leben schöner wird, denkt Willi.
Irgendwas, damit es weitergehen kann.
Oder, damit es anfangen kann.
Weil so, wie es jetzt ist, reicht es irgendwie nicht.
Irgendwie, irgendwo, irgendwann.

Und das kommt dann auch.
Irgendjetzt.
Zumindest kommt irgendwas.

Willi sitzt in Geschichte. Sitzt fest. In der NS-Zeit. Nie etwas anderes. Immer Hitler. Wann hört Deutschland endlich mit Hitler auf?
Willi würde gerne etwas Fremdes erfahren. Den Glanz von Geschichte erleben.

Hitler hat keinen Glanz. Glanzlos. Brutal.

Was ist das schlimmste Wort, das es gibt? Dann bitte hier einsetzen:

Was ist in anderen Ländern so passiert? Was ist mit Napoleon? Was war die Große Depression? Was die Apartheid? Scheiße, wir müssen über den weltweiten, andauernden Rassismus reden! Und was gibt's eigentlich über chinesische Kaiser zu erzählen? War da was?

@willi.window 7
Was lernst du so in Geschichte?

Fünfte Stunde, Geschichte bei Herrn Johannson, Raum ohne Nummer.

Das Hauptgebäude der Schule ist grau und alt. So wie alle Schulen aussehen, mehr oder weniger. Nicht modern, nicht ganz heruntergekommen, mit tafelgrünen Türen, Nachtspeicheröfen und Overheadprojektoren mit orangefarbenen Kabeln. Nicht zu fassen, oder?

Das Gebäude ist im Viereck gebaut und man kann aus dem Fenster schauen und in die anderen Klassen hinein. Gegenüber und links und rechts.

Das ist echt cool!

Außerdem kann man in den Innenhof schauen und dort wächst es wild in Grün.
Helles Grün und dunkles Grün, gelbes Grün und fast schwarzes Grün. Vermutlich alles Unkraut. Und ein paar hinuntergeworfene Zigarettenschachteln, verblasst, nimmt Mutter Natur in ihre Arme; sie mischen sich still und heimlich unter die Erde.
Ein Tümpel, der dunkel, matschig, moderig aussieht und Willi möchte ihn mit grünen Algen überziehen oder auf Froscheier schauen. Beobachten den Laich, über Wochen hinweg und zusehen, wie kleine Frösche schlüpfen.

Ich weiß überhaupt nicht, wie dieser Prozess aussieht, erst Kaulquappe und so. Muss mir wohl ein Zeitraffer-Video bei Youtube reinziehen. Real life dauert ja heutzutage viel zu lange.

Sehen, wie die kleinen ungelenken Frösche hier auf der Erde ankommen und in ihrem Körper. Und was sie dann machen. Wie sie krabbeln und klettern und hüpfen und so. Und wie sie quaken, vor allem.
Willi möchte das Fenster öffnen und das Quaken hören, unten aus dem Tümpel, während sie aufschreibt, wie es so war in der Hitlerjugend.

Herr Johannson bastelt an seinen Folien für den Overheadprojektor herum.
Die Klasse ist still. Es raschelt und räuspert und flüstert und Hakim wackelt mit seinem Stuhl. Aber ansonsten ist es so gut wie still. Klassenraumstille. Irgendwer klackt seine

Kugelschreibermine und Redin fragt: „Wie heißt noch mal dieses Volk? Deutsches Judenvolk oder so, ne?“
Alle lachen. „JUNGvolk, Redin. Jungvolk“, sagt Herr Johannson, ohne aufzublicken.
Willi fängt den Blick von Redin und lächelt ihm kopfschüttelnd zu, während sie den Blick nach oben richtet. Redin zieht entschuldigend die Schultern hoch. Er grinst breit.
Es wird wieder ruhig. Die Köpfe aller gehen wieder nach unten, zurück zur Aufgabe, die Aufmerksamkeit nach Zurück.

Alle Mann zurück zu Hitler.

Wie wär's, wenn wir mal über die jetzige Jugend reden!

Alle schauen runter, Willi schaut raus.
Sie schaut raus und runter zu dem Grün. Starrt vor sich hin und lässt alles verschwimmen. Dann sieht die Welt wie Kunst aus, wie ein abstraktes Gemälde, eine Traumlandschaft.

Da nimmt Willi etwas wahr. Etwas in Grau fällt in ihren Blick.
Sie stellt ihre Augen scharf

hahaha, als wär ich 'ne Wildkatze oder so

und wäre beinah hochgefahren. Um ans Fenster zu springen und sich an die Scheibe zu pressen wie die Wildkatze, die Beute entdeckt hat, voller Erstaunen und Fassungslosigkeit und so.

Da reckt eine Faust in die Höhe.
Ein grauer Arm mit einer geballten Faust, zwischen all dem Grün, all dem hohen Wildwuchs, da unten in der unberührten Oase im unbeachteten Mittelpunkt der Schule.
Ein grauer Arm mit einer geballten Faust, tatsächlich, aus der Erde gestemmt. Aus der Unterwelt?

Willi blinzelt und der graue Arm mit der geballten Faust ist immer noch da. Nun sogar sehr präsent. So, als wäre das Gebäude um den Arm herum gebaut worden.
Willi fühlt sich, als ob ihr die Kinnlade heruntergeklappt ist. Ganz bestimmt ist sie das nicht! Wir sind ja nicht in einem Comic. Aber es fühlt sich so an. *erstauntes Kopfschütteln*

Willi fragt sich, wie das sein kann.
Das kann doch nicht sein, denkt sie.
Wo kommt diese Faust her? Dieser ganze Arm aus vermutlich Gips?
Ein Arm aus Gips, ein Gipsarm. Grau zwischen all dem Grün.

Wer hatte ihn dahingestellt und wann? War das ein Kunstprojekt?
Warum ist es ihr bis jetzt nicht aufgefallen?

Es klingelt.
Und jedes Mal zuckt ausnahmslos jeder zusammen.
Komisch, dass alle dieses Geräusch ertragen, zu jeder Stunde und sich nicht beschweren, nichts ändern, weder Schüler noch Lehrer.

Vielleicht sollte ich 'ne Petition starten!

@willi.window 8
Würdest du unterschreiben?

Dieses stete Erschrecken hat doch hoffentlich keine gesundheitlichen Folgen. Denn das kann ja nicht so ganz gesund sein, dieses laute, schrille Klingeln, das einem durch Mark und Bein fährt. Noch eine Foltermethode des Schulsystems.
Willi findet, man sollte einen beruhigenden, tiefen, dunklen Gong nehmen. So einen riesigen Zen-Gong, auf den ein glatzköpfiger chinesischer Mönch einschlägt, mit beiden Händen an dem Schlägel mit Wattebausch. Und dieser dunkle Ton beruhigt und stärkt und schwingt durch den ganzen Körper. Eine heilende Vibration durch Mark und Bein.

Willi wendet ihren Blick vom Fenster ab und räumt hektisch, wie alle anderen und immer, ihre Sachen zusammen. Die Hitlerjugend ist weg und raus. Hektisch zum nächsten Raum, sich schnell einen Platz suchen, an dem man sich ansatzweise wohlfühlt, und hoffen, dass um einen herum die Leute sitzen, mit denen man sich ansatzweise wohlfühlen kann, um dann im Kopf zum nächsten Thema eines anderen Unterrichtsfachs zu switchen.

Oder eben nicht.

Willi denkt an die Faust, während sie im Chemieraum sitzt. Unten in dem Kellerraum, der mit Oberlichtern ausgestattet ist, aus denen man nur rausgucken kann, wenn man halt ganz oben sitzt. Aber da sitzt Willi heute nicht. Mist!

Wenn man ganz oben sitzt, sitzt man großartig. Die kalte Wand im Rücken, anstatt eines plappernden, atmenden, in den Nacken starrenden Jemands. Erhaben über dem Rest des Raumes, weit weg vom Lehrer und mit dem Blick durch die schmalen Oberlichter, die an der Außenwand des Gebäudes im Raum unter der Decke angesetzt sind, aber draußen, ja draußen liegen sie auf der Erde auf.

Das ist so cool! So unterirdisch!

Die Perspektive ist stark!

Wenn man raussieht, dann ist man direkt am Boden, an der Erde. Man kann es fast riechen, so intensiv und erdig, modrig ist es. An der Scheibe sammeln sich trockene Laubblätter, durch die Käfer und Ameisen kraxeln. Efeu rankt um den Fensterrahmen und bildet somit einen eigenen, viel schöneren Rahmen für das Bild von innen nach außen und von außen nach innen. Man kann den Erdboden so nah betrachten, wie man es sonst nie tut. Manchmal sieht man den schleimigen Weg einer Schnecke am Fenster kleben. Den klebrigen, labyrinthförmigen Ausschnitt ihres Lebensweges.

Willi überlegt, wen sie nach der Faust fragen kann.
Diese Faust interessiert sie.
Den Kunstlehrer Herr Schling?

Hm, der ist so … speziell.

Und was soll sie ihn fragen?
Wem gehört die Faust da draußen im Innenhof?

Das wäre doch die einzig richtige Frage.

Willi überlegt, ob sie Paula davon erzählen soll und verwirft den Gedanken wieder.
Vorerst bleibt es ihre Entdeckung.
Eine Entdeckung, die Paula eh nicht interessieren würde.
Paula würde sagen: „’N Arm, der aus der Erde kommt? Keine Ahnung, Willchen.“ Und dabei würde sie nicht von ihrem Handy hochgucken.

Nein, vorerst bleibt es ihre Faust.

Kapitel 9

Draußen das Objekt

@willi.window 9
Was hast du schon mal Interessantes gefunden?

Die Faust ist eine interessante Sache.
Aber vielleicht findet Willi das nur, weil sie draußen ist, auf der anderen Seite des Fensters.
Vielleicht wäre eine Armskulptur mit einer geballten Faust im Klassenraum keinen Blick wert gewesen.
Wohingegen eine Armskulptur mit einer geballten Faust im Schulbus verrückt wäre.
Na ja, wie auch immer, war es interessant, dass sie halt plötzlich da war. Wo der Innenhof doch, seit Willi auf ihn runterschaut und das sind immerhin schon 4 Jahre, verlassen ist. Er wird nur von oben beworfen.
Er wird weder von Sträflingsschülern mit einer Müllzange gesäubert, nachmittags in der 8. Stunde

noch vom Hausmeister gemäht.
Er ist einfach verwildert, verlassen, unbeachtet, er ist schlichtweg nicht existent.

„Was für eine Faust meinst du?“, fragt Herr Schling, während er auf seinem Pult herumsortiert und einen Stapel Papier stapelt. „Die, die seit Neuestem da draußen im Innenhof steht. Ist das ein Kunstprojekt von Ihnen oder so? Skulpturen machen?“, fragt Willi weiter. Sie stemmt ihre Hände hinter die senfgelben Schulterriemen ihres Rucksacks.

„Ich weiß gerade nicht, was du meinst, Willi. Innenhof?“, überlegt er. „Derzeit mache ich keine Skulpturen. Vielleicht ist das ja eine aus einem alten Jahrgang. Ich schaue sie mir mal an.“

Willi nickt mit einem angedeuteten Lächeln.

Zumindest fühlt es sich von innen so an, das mit dem angedeuteten Lächeln. Sie nimmt sich vor, das einmal vor dem Spiegel zu machen. Vielleicht kommt das, was sie von innen macht, ja gar nicht außen an.

„Und? Haben Sie sie sich einmal angeguckt?“, fragt Willi dann drei Tage später.
Willi fand, drei Tage wären eine angemessene Zeitspanne.
„Was?“
„Die Skulptur.“
„Ach so, nein, Entschuldigung, Willi, das hatte ich total vergessen.“

Und das war’s. Das wusste Willi. Ihre Frage war schon längst in dem riesigen Unnütze-Schülerfragen-Müllschlucker gelandet, den sich Lehrer in ihrem Gehirn installieren, sobald sie ihr Referendariat beendet haben. Den gibt's quasi als kostenfreie Download-Version

zum Bachelor dazu.

Sie müsste ihn schon an den Ohren zum Innenhof schleifen. Komische Vorstellung. Und das würde sie natürlich nicht tun. Ihn bitten und nerven. Nein.
Er wusste die Antwort ja eh nicht.

Willi würde Frau Bahlen vom Sekretariat fragen, direkt nach Schulschluss.

Frau Bahlen schaut auf und Willi findet, Frau Bahlen sollte eine Brille tragen. Einfach nur, weil sie eine Sekretärin ist. Das gehört sich so. Wird so was nicht im Einstellungsgespräch geregelt? Das wirkt doch nicht authentisch ohne Brille. Kommt, es ist einfach cool, wenn jemand am Schreibtisch sitzt und über die Ränder seiner Brille schielt. Love it!

Frau Bahlen ist klein und zierlich Was wiederum gut zu dem Bild einer Sekretärin passt, lol, hier trieft alles so vor Klischees!

und ihr Schreibtisch so groß. Irgendwie ist der gesamte Raum, in dem sie sitzt, ein Schreibtisch. Er geht über mehrere Ecken und ist mehrstöckig, stellt Willi bewundernd fest, als sie davorsteht und wartet, bis Frau Bahlen ihr Telefonat beendet. Ab und an quetscht sich ein Lehrer an Willi vorbei. Witzig, wie das Telefonkabel immer wieder in Frau Bahlens Kaffeetasse landen will und Frau Bahlen es immer wieder wegzurrt. Die gelbe Diddl-Tasse, auf der Diddl auf einer Schnecke reitet, steht auf einem Papierstapel. Ich finde, dass einfach alle Lehrer auf einer Schnecke reiten, oder? Am Rand kleben eingetrocknete Kaffeenasen. Eine kleine Porzellan-Diddlmaus hängt am Tassenrand und schaut nach draußen. Wow!

@willi.window 10
Wer hat noch eine Diddl-Tasse im Schrank?

Der Kaffee, der im Inneren der Tasse schwimmt, ist bestimmt schon längst kalt. Und der kleine Diddl friert in dem dunklen, bitteren Gesöff. Ich kann leider nichts für dich tun, du armer, kleiner Diddl. Spring raus und flieh!

„Was kann ich für dich tun?“ Frau Bahlen guckt hoch, nachdem sie den Hörer aufgelegt hat. Nicht, ohne noch ein letztes Mal das Telefonkabel in letzter Sekunde aus der Tasse zu fischen und es somit vor dem Ertrinken zu retten.
„Ich hab eine Frage. Also, nämlich, draußen in dem Innenhof, ne?“ Willi hält inne, um zu sehen, ob Frau Bahlen weiß was sie meint. Frau Bahlen nickt, als Willi in die Richtung zeigt, „Da steht so'n Kunstobjekt. Ein Arm. Können Sie mir sagen, von wem der ist?“
„Kunst. Da solltest du Herrn Schling fragen.“
„Hab ich schon. Herr Schling weiß nicht, von wem der Arm ist.“

Wie an 'nem Tatort. Von wem ist dieser Arm, der draußen im Gras liegt? Bitte die Hand heben, von wem ist dieser Arm? Haha.

„Dann kann ich dir leider auch nicht weiterhelfen. Aber warte, außer, außer, außer, es könnte natürlich etwas von der GHS sein“, überlegt sie. „Das Abendprogramm, hier in unseren Räumlichkeiten.“
„Ah ok, cool.“
„Hier, ich schreibe dir die Nummer der Gemeinschaftshochschule Bergisch Gladbach auf, Frau Baumgart-Schlönhoff.“ Und damit reicht sie Willi einen neon-orangefarbenen Post-it mit der Telefonnummer von Frau Baumgart-Schlönhoff.

Willi sitzt im Flur der kleinen Klavierschule in Burscheid und starrt auf den viereckigen neon-orangefarbenen Post-it.
Aus dem Nebenraum klingen vereinzelte Tastenanschläge und gedämpft die Stimme von Moni, der Klavierlehrerin. Klingt nach erster Unterrichtsstunde.
Willi fragt sich, die wievielte Klavierstunde sie heute nimmt. 6 Jahre.
Ein Jahr mit 52 Wochen. Circa 37-mal im Jahr Unterricht, rechnet man die Ferien und so'n Kram weg und das 6-mal. Handy-Taschenrechner. zweihundertzweiundzwanzig.
Das klingt großartig und schlimm.
Zweihundertzweiundzwanzig Stunden, die Willi Klavier spielen geübt hat. Zeit ihres Lebens.

@willi.window 11
Rechne mal aus, wie viele Stunden du schon mit deinem Hobby verbracht hast.

Willi spielt Sachen, die keiner kennt und Comptine d'un autre été ganz ok. Ein anmutiges, zartes Stück. So fühlt sich Willi ganz und gar nicht. Sie sitzt da vor diesem großen, kalten, polierten Klavier, Rücken gerade und Blick zurück auf die Tasten. Immer wieder zurück auf das Schwarz-Weiß. Draußen tanzen Gräser im Garten von Moni.

Mozarts Rondo alla Turca begeistert Willi. Weil Willi findet, bei keinem Stück gleiten die Finger schöner. Es ist, als wäre das Klavier erst und ausschließlich für dieses Stück erfunden worden. Und kein Stück zeigt besser, was ein Klavier ist, als dieser türkische Marsch.

@willi.window 12
Die zwei Stücke findest du online. Wer spielt sie für uns ein?

Manchmal macht man etwas so lange schon, dass man nicht weiß, ob es wirklich zu einem gehört, und es erscheint unwirklich, auf so viele Jahre zurückzuschauen, in denen diese eine Sache Teil des Lebens ist.
Wahrscheinlich hätte Willi schon längst mit dem Klavier Schluss gemacht, wenn ihre Mutter sie nicht Woche für Woche hinfahren und abholen würde. Welch eine Konstante. Zweihundertzweiundzwanzig.

Manchmal denkt Willi, Gitarre würde besser zu ihr passen oder Schlagzeug. Vielleicht ja auch die Triangel, dieses unterschätzte Kling ist einfach der Anfang und das Ende oder so.

Oder passt überhaupt etwas zu ihr? Oder zu irgendjemandem? Ist es nicht so, dass die Menschen das einfach entscheiden? Für sich und andere?

Image nennt man das.
Willi kann sich nicht entscheiden, was zu ihr passt. Ich kann es nicht FÜHLEN! Bestimmt finden die meisten, Klavier passt zu Willi. Einfach deshalb, weil Willi Klavier spielt. Der Zeitfaktor.
Zweihundertzweiundzwanzig Mal 60 Minuten.

Willi starrt auf den Zettel.
Frau Baumgart-Schlönhoff. Telefonieren ist nicht gerade die Stärke ihrer Generation.
Aber niemand schreibt eine WhatsApp an Frau Baumgart-Schlönhoff. Das geht einfach nicht.
Willi muss anrufen.
Und was ist, wenn Frau Baumgart-Schlönhoff sagt: Ja, die Gips-Faust entstammt einem aktuellen Projekt unserer Kunstreihe „Herausragende Welt – zwischen Erde und Himmel" oder so'n GHS-Kram?
Was soll sie dann sagen?
Soll sie sagen, ja, gerne möchte ich noch in den Kurs einsteigen? Und dann mit mittelalten Mittelverdienern, die mittelinteressant sind, mittelgute Kunst aus Gips basteln?
Sorry, Mittelmäßigkeit hab ich echt genug.
Obwohl der Arm nun wirklich kein Mittelmaß ist!

Nein, Willi würde Frau Baumgart-Schlönhoff nach Klavier anrufen. Schon allein, um dann den Namen einmal abzuhaken, und falls Frau Baumgart-Schlönhoff die Faust als GHS-Baby benennt, würde Willi sagen, herzlichen Glückwunsch, sie gefällt mir ausgezeichnet. Respekt und weiter so!

Frau Baumgart-Schlönhoff geht ans Telefon und weiß nicht, von welchem Arm Willi spricht, also nein, da kann ich Ihnen wirklich nicht weiterhelfen, sagt sie und Willi sagt, danke. Willi streicht in ihren Gedanken den letzten Punkt auf der Liste durch. So. Keine Ahnung.

Ab jetzt muss was Krasseres passieren.

Zumindest denkt man das in Filmen, ne?! Sonst schaltet man um. Oder aus.

Kapitel 10

Draußen die Suche

Das Leben ist langweilig.
Zumindest Willis. Zumindest findet sie das.
Aber das ist ja nichts Neues.
Langeweile verlängert das Leben. Hat Willi mal irgendwo gelesen.

Wenn man aus dem Wort Langeweile die Buchstaben von Wilhelmine herausstreicht, bleibt age stehen.

Lohnt es sich, darüber nachzudenken?

@willi.window 13
Was bleibt bei deinem Namen stehen?

Das Leben an sich ist bestimmt das Spannendste der Welt. Irgendwie logisch. Was wäre noch spannender als das Leben auf der Erde? Vielleicht das Nicht-Leben.

Na ja, davon haben wir ja genug, ne? Von den Nicht-Lebern. Oder Nicht-Lebenden? Na ja, zumindest glaube ich, ich gehöre dazu *schäm*schäm

Willi findet, der Arm im Hof ist nicht langweilig. Ob er spannend ist, ist eine andere Frage. Aber zumindest muss man dem nachgehen, was nicht langweilig ist.

Nach Sport in den letzten beiden Stunden verabschiedet sich Willi von Pia.
„Hey, ich muss noch mal grad in die Klasse", sagt sie so unbekümmert normal, wie man nur etwas sagen kann. Wow, ist Lügen anstrengend!
Pia runzelt die Stirn, fragt halbherzig: „Soll ich mitkommen?"
„Quatsch, du verpasst deinen Bus. Lass uns später schreiben, ja?!" Und damit entfernt sie sich von Pia, geht zügig über den leeren

Schulhof und stemmt sich gegen die große Glastür zur Mensa.
Dann nimmt sie den Weg die Treppen runter. Ihr Klassenraum ist nicht Treppe runter. Willi geht ins Untergeschoss. Gut, dass sich hier nach der 7. Stunde niemand rumtreibt.
Willi schleicht durch die Stille. Würde sie sprechen müssen, würde sie flüstern. Situationsstimmung. Kalt ist es hier unten. Ein Krimi-Schauplatz.
Vor der Tür Nummer 42 bleibt sie stehen. Was ist das für ein Raum? Aber hier muss es sein. Über diesem Raum befindet sich der Hof. Der Innenhof mit dem Arm.

Crazy Vorstellung, ich weiß. Denke ich jetzt, der Arm sei aus dem Raum gewachsen? Keine Ahnung, man muss mit dem arbeiten, was man hat. Lol. Vielleicht habe ich auch einfach nur mit Oma zu viel *Mord ist ihr Hobby* geguckt. Die hat sie auf Videokassette. Jede einzelne Folge hat sie irgendwann mal aufgenommen, auf diesen Dinosaurier-Kassetten, mit denen man jemanden totschlagen kann. Und Opa hat sie dann beschriftet und durchnummeriert, mit seinem Etikettiergerät. Großartig, was man als Team so schaffen kann!

Ich fühle mich nicht gerade wie eine Jessica Fletcher, auch nicht wie Miss Marple und, na ja, Sherlock Holmes ist schon cool, aber halt auch 'n Freak. Außerdem sind die alle alt. Es gibt doch etliche Jungdetektive. Fünf Freunde und so. Die drei ???, die Pfefferkörner, Ladybug und Cat Noir. Ne, Quatsch, die sind Superhelden. Egal.

@willi.window 14
Wer ist dein Lieblingsdetektiv?

Raum Nummer 42. Willi starrt auf die Türbeschriftung und wundert sich über die ungewöhnlich schnörkelige Schriftart.
Sie steht vor der Tür. Sie horcht. Alles ist still.
Sie drückt die kalte Klinke herunter.

Abgeschlossen. Sie klopft. Nichts passiert. Alles ist still. Weiterhin.
Ihr Handy vibriert. Ihr Herz stolpert. Wieder. Noch mal.
Jetzt anhaltend. Willi schaut auf das Display, obwohl sie weiß, dass es ihre Mutter ist.
WhatsApp: Ich stehe auf dem Parkplatz.
WhatsApp: Wo bleibst du?
Das Handy vibriert. Mama ruft an. „Ich komme, bin in zwei Minuten draußen, Mama."

Schnell ins Auto. „Sorry, was vergessen." Mathenachhilfe.

Der Nachmittag verschwimmt zu einem Brei. Zu einem farblosen, klebrigen, geschmacklosen Brei. Draußen ist es kalt, grau, ab und an nieselt es etwas. März.
Die Tanne vor dem Fenster des Raumes *Mathenachhilfe* schwingt ein bisschen. Verweilt dann wieder. Schwingt.
Die Zahlen sind zahllos. Machen keinen Sinn. 123 ist Blabla. Diese unendlichen Zahlenkombinationen. Und die Summe ist das Problem. Ist die Summe nicht immer das Problem? Die Summe der Schmerzen. Schmerz, Schmerz, Schmerz ist ok. Aber plus, plus, plus, dann die Summe ist nicht auszuhalten. Das ist

poetisch, das ist philosophisch oder so, ne?

#zahlenakrobat

Raum 42. War Willi noch nie aufgefallen, der Raum 42. Komische Schnörkel. Fast schon wie so eine Halloween-Schriftart oder so.

Es ist früh. Es ist noch nicht ganz hell. Noch nicht im Kopf, noch nicht in der Welt.
Jemand zerrt an Willis Jacke. „He, Willi?“ Sie schaut sich um. Der Schulhof ist so voll. Wo ist Leana, verdammt? Sie wollten gemeinsam zu Deutsch. „Jap, was gibt’s?“ Willi schaut auf einen Jungen und lächelt, so viel, wie das morgens möglich ist. Also, so angedeutet. Mehr mit den Augen. Mist, ich hab das mit dem Lächeln immer noch nicht vor dem Spiegel probiert.

„Soll ich dir geben.“ Und damit hält er ihr einen Zettel ins Gesicht. Willi nimmt ihn zögerlich entgegen und der Junge ist weg. Willi ruft: „He, von wem?“ Aber der Junge ist wirklich weg.
Sie faltet den kleinen Zettel auseinander. 42. 42 in Schnörkelschrift.
Leana rempelt sie von der Seite an. „Kommst du? Ich winke und rufe wie ’ne Bekloppte und du stehst da wie in Trance.“ Leana lacht und hakt

sich bei ihr unter, zieht sie los mit einem Ruck. Ruckzuck ist der Zettel in ihrer Hosentasche. Ruckzuck sitzen sie in Deutsch. Am Fenster, an der Heizung. Wenn da nicht die 42 wäre, gäbe es nichts Schöneres als diesen Heizungsfensterplatz.

Die 42 geistert in Willis Kopf. Am liebsten würde sie aufspringen und rufen: „Das ist ja wohl absolut wow! Wer war dieser Junge? Und was ist hier los? So ganz allgemein? Das ist doch der wundervolle Beginn einer endlos langen, sexy, düsteren Netflix-Serie!"
Willi hat den Jungen noch nie gesehen.

Vermutlich hat sie ihn schon gesehen, soo groß ist die Schule nun auch nicht. Aber er kommt ihr nicht bekannt vor.

Zumindest ist jetzt mal klar, dass der Arm etwas bedeutet und der Raum Nummer 42, und dass jemand weiß, dass Willi sich dafür interessiert.

Oder? Das ist doch jetzt hier alles eine Sache?

42. Also ist da was. In dem Raum. Mit dem Raum.
Vielleicht bedeutet die Zahl mehr. Oder der Raum. Oder beides.

Oder gar nix.

Entweder ich werde hier verarscht, oder ich bin gerade einer ganz großen Nummer auf der Spur, im wahrsten Sinne des Wortes.

#wortwitzdesjahrhunderts

Great!

Willi sieht sich um in der Pause. Noch mehr als sonst. Aber alle anderen scheinen noch mehr als sonst wegzugucken. Nicht zu gucken, irgendwas zu machen, was nichts mit dem Hier und Jetzt zu tun hat. Oder ist das nur Tarnung? Unheimlich, wenn man so misstrauisch wird. Unheimlich gut, wenn sich plötzlich etwas verändert hat.
Willi schaut sich weiterhin um, setzt sich aufrecht hin, Rücken gerade, Haltung, Achtung.

Eigentlich ist hier und jetzt der Punkt, an dem sie jemanden einweihen sollte.
Aber Willi findet, dafür kommt einfach niemand infrage.
Zumindest will sie sich die Story nicht direkt kaputtmachen lassen.
Passiert doch sonst nichts Fantastisches. Nur Alltägliches. Und wenn man auf alltäglich

eingestellt ist, beantwortet man die verrücktesten Fragen mit einer alltäglichen Antwort.
Und Willi möchte jetzt keinen Dämpfer.
Willi wünscht sich ein bisschen was Besonderes.
Ein bisschen was Aufregendes.
Kitzelndes.

Vielleicht mutiere ich zur Superheldin. Dann wär ich wirklich anders. Viel mehr anders als Bi zu sein.

Die Zahl muss mehr bedeuten, entscheidet Willi und macht das, was ihre Generation halt bei einer Frage macht: Sie tippt bei Google 42 ein.

OMG!

Willi starrt auf das Suchergebnis von Google:
42 (Antwort)

Die 42 ist die Antwort?!

Ich fass es nicht!

Das klingt episch!

Respekt!

Willi schaut sich um. Will sie jemand verarschen? Will Google sie verarschen?

- 42 – die Antwort auf ALLES!
- Die berühmteste Zahl der Welt
- Das Rätsel ist gelöst
- Matheproblem
- Sinn des Lebens
- Buch: Per Anhalter durch die Galaxis

Ok, ok! Cool down.

Die 42 ist 'n Matheclub für Nerds, 100 pro.

Aber dann würden sie ja wohl kaum mich dazu einladen, hahaha.

Irgend 'ne Zahl, die nicht ausgerechnet werden konnte, aber inzwischen doch ausgerechnet wurde.

Wie kann man denn eine Zahl ausrechnen?

Check ich nicht!

Per Anhalter durch die Galaxis ... Supercomputer ...

Zahl 42

Soll ich mir dieses Buch da mal kaufen?

So'n Science-Fiction-Roman?! Hm ...

Willi schaut sich ein YouTube-Video an.
Das müsst ihr euch mal reinziehen, jetzt ehrlich!

Die Zahl 42,

die machtvollste Zahl im Universum klar, guter

Aufmacher

die Gutenberg-Bibel hat 42 Zeilen pro Seite,

warum auch nicht

irgendwas mit 42 Göttern im alten Ägypten und mit Grabkammergröße,
irgendwas mit Schrödingers Katze und X hoch

drei das zweifel ich nicht an.

Die Deutsche Bahn benutzt DB als Tarnung für 42, oder sie benutzen DB tatsächlich für DB, als Abkürzung für Deutsche Bahn.

Elvis Presley ist mit 42 Jahren gestorben, da ist er bestimmt nicht der Einzige,

das menschliche Auge aktualisiert circa alle 42 Millisekunden das Blickfeld,
zwei Würfel haben zusammen 42 Augen,
das Raumschiff von Buzz Lightyear aus Toy Story heißt 42, hach, diese Science-Fiction-Community,

in „Harry Potter und der Stein der Weisen“ entdeckt Harry auf Seite 42, dass er ein Zauberer ist, ok, ihr habt mich,

Shakespeares Julia soll mit einem Trank 42 Stunden schlafen, das muss ich noch mal recherchieren,

und so weiter.

Okay. Ich werde gerade von einer Gruppe Verschwörungstheoretikern umkreist.
Das ist crazy.
Ich dachte, sowas gibt's nur in Amerika.

Ich bin in einer amerikanischen Teenie-Serie gelandet, ein Traum geht in Erfüllung! Yap, yap, yap!

@willi.window 15
42

Willi sitzt mit angezogenen Beinen auf dem Boden vor ihrem Bett. Sie legt ihr Handy neben sich und blickt zum Fenster. Draußen ist es dunkel. Sie sieht nur die Spiegelung ihres Zimmers.
Wie oft hat Willi sich schon vorgestellt, dass die Spiegelung im Fenster zur Realität wird, die Realität zur Spiegelung.

Nun kommt sich Willi vor, als gehe sie geradewegs durch die Realität, um auf der anderen Seite wieder herauszukommen.
Verrückte Sache, denkt sie und schüttelt die Gedanken ab.
Aber nicht wirklich.
Denn es kitzelt.
Und Willi will, dass es weiter kitzelt.
Überlebenswichtiggerne möchte sie das.

Kapitel 11

Draußen der Eintritt

Willi schaut sich um, ständig, aber nichts passiert.
Zumindest für ein paar Tage.
Alles läuft normal weiter.
Schule.
Willi sackt mehr in sich zusammen mit jedem Tag, der vergeht, so wie jeder andere. Wirbel für Wirbel. Beginnend oben im Nacken mit dem Atlaswirbel fällt der darunter liegende und der darunter liegende aus der Säule, wie Dominosteinchen. *Klack, klack, klack.*

Willi wartet. Auf eine nächste Botschaft. Oder muss sie erst die Erste enträtseln? Irgendetwas machen mit der 42? Ein T-Shirt mit der Aufschrift 42 tragen? Signalisieren, dass sie zumindest mal im Internet recherchiert hat? Was muss man tun, wenn man zu einem Club zugelassen werden will, den man weder kennt, noch weiß, ob er existiert und den man, falls er existiert, vielleicht einfach ein bisschen zu hirnrissig findet?

Kommen nicht immer nur überdurchschnittlich Intelligente in so einen geheimen Club? Oder Talentierte? Oder Superhelden?
Vielleicht haben die ja auch festgestellt, dass ich nicht infrage komme, nicht würdig bin, aufgenommen zu werden.
Vielleicht ist es auch nur ein Freak, der mich festhalten will, angekettet an ein Heizungsrohr im Keller der Schule.

Willi schaut und ihr Rücken sackt und sie wartet und nichts passiert.

Und jetzt erst wird ihr klar, wie sehnsüchtig und überlebenswichtig sie sich etwas wünscht.
Etwas Neues, eine Veränderung, die Veränderung. Damit alles einen Sinn ergibt. Damit vielleicht auch erst mal nur irgendetwas Sinn ergibt.
Sie schaut aus dem Fenster und wartet und sackt weiter. Bis wieder etwas passiert.
Weil Willi an die Tür von Raum 42 klopft.

Man, alles muss man selbst in die Hand nehmen!

Weil sie fragen will: Hey Leute, was macht ihr hier so Cooles? Kunst und so?
So stellt sie sich das vor. Sie klopft und jemand macht auf, guckt ein bisschen erstaunt und sagt dann: Hey komm rein. Wir sind hier so 'ne Truppe cooler Kids und wir stehen so'n bisschen auf Geheimbünde und so. Hast du Bock mitzumachen?
Und dann würde Willi sagen: Ja krass, cool, ich überleg mir das mal, klar, ich meld mich dann wieder, ja?
Oder es würde ein zotteliger alter Herr mit krummem Rücken die Tür einen Spaltbreit öffnen, „Was willst du?“, krächzen und es würde sich herausstellen, dass dieser zottelige alte Herr vielleicht ein pensionierter Hausmeister, der sich noch nicht von der Schule lösen kann, warum auch immer ... ein weises, kluges und experimentierendes, eremitisches Talent ist. Dass Willi mit ihm lange, weise, kluge, experimentelle und weniger eremitische Gespräche führen würde. Eine tiefe Freundschaft würde entstehen. Willi würde von ihm das Bildhauen lernen und so Dinge würden geschehen.
Aber, na ja, so kommt es nicht. Erst mal nicht. Am Dienstag nicht. Am Mittwoch nicht.

Am Donnerstag dann, als Willi sich sagt: Heute noch, ein allerletztes Mal, klopfe ich hier mit klopfendem Herzen …
kommt was, was verrückt und total

erschreckend ist. Einfach krank.

Plötzlich durchbricht irgendetwas die Stille, aber nicht vor ihr, sondern hinter ihr. Sekunden dauert das nur, zu schnell für Willis Gehirn, viel zu schnell, um zu verstehen, was da gerade passiert. Zu schnell, um sich umzudrehen. Etwas packt sie, umklammert sie und hält sie fest. Aber diesmal ist es nicht ihre Angst. Ein anderer Körper ist das und da ist noch einer. Bevor Willi sprechen, rufen, schreien kann, wird ihr etwas über den Kopf gestülpt. Dunkel, warm, muffig, staubig, erdig. Und Willi atmet, schnappt nach Luft, so schnell wie es geht, und sie will schreien, aber sie weiß nicht mehr, ob sie wirklich schreit oder nur in ihrem Kopf. Zumindest wehrt sie sich mit dem Rest ihres Körpers. Sie windet sich und tritt und stemmt ihre Ellbogen nach hinten. Das mit dem Sack ist gar nicht wie ihre Traurigkeit. Es ist mehr, es ist nicht ruhig und traurig. Es ist hetzende Panik. Willi ist fest umklammert und wird nach vorne geschoben. In den Raum. Willis Herz hämmert, ihr gesamter Körper ist Adrenalin. Sie rast. Sie bekommt eine Panikattacke, ihr fehlt Luft. Es kommt keine Luft nach. Der Sack wird ihr vom Kopf genommen und Willi merkt, wie ihr Kopf pocht und wie heiß er ist und dass sie nichts sieht. Sie weiß nicht, woran das liegt. Der Sack

ist doch weg. Sie wird still und versucht zu atmen. Das ist das Wichtigste. Ihr Körper lässt los, krampft nicht mehr und der Körper hinter ihr lässt auch los. Sie wird geschoben und runtergedrückt. Sachte, aber bestimmt von einer Hand, von Fingern, die sich auf ihre Schulter gelegt haben. Tief in ein weiches, knautschiges Etwas. Ein Sofa, nein, ein Sessel. Dunkelheit. Das ist es. Will zwinkert, sucht eine Lichtquelle. Sie hat Angst. Angst zu sprechen, in diese Stille hinein und Angst vor der Antwort.
Es klackt in die Stille hinein und Willi zuckt zusammen. Ein Lichtstrahl erglimmt vor ihr und vier Leute, drei sitzen auf Stühlen. Einer steht.

Mo. Alle starren sie an. *Voll die perfekte Theaterszene.*

Einen kennt Willi nicht. Der ist nicht auf ihrer Schule. Den hat sie noch nie gesehen.
Aber die anderen kennt sie.
Einen Jungen aus der Siebten. Hellblond, blass, Sommersprossen, immer mit Kapuze über dem Kopf. Ein Mädchen aus der Zehnten. Runde große Brille, braune, glatte Haare, so dezent, so cool, so ... *Was macht die hier?*

Mo, aus Willis Klasse. *Einfach unfucking-fassbar!*

So ein 08/15-Spaßvogel, unbeschwert und breites Lächeln, Durchschnittsboy. What's going on here?!

„Hey window", sagt Mo und holt sie damit in die Realität zurück. Er grinst so breit wie möglich und durchbricht damit Willis Schockstarre. „Alter!", ruft Willi fassungslos aus, als hätte sie bis jetzt die Luft angehalten. Sie ist erleichtert. Und sie ist verwirrt. Und sie ist echt sauer. „Was ist hier los? Ihr habt sie ja wohl nicht mehr alle. Ich dachte, ich sterbe. Ich dachte, ich STERBE! Was seid ihr für Freaks? Findet ihr das geil?" Willi springt auf.
„Oder habt ihr Dope geraucht? Habt ihr was geraucht? Falls ja, könnt ich jetzt auch 'nen Joint vertragen, ehrlich." Sie setzt sich wieder. „Was ist das hier? Seid ihr die Fünf Freunde oder so?" Sie lehnt sich nach hinten. Sie atmet laut aus, sie legt die Arme auf die Armlehnen und beendet damit ihren filmreifen Monolog.

Aber wirklich, was für'n Film, ey! Applaus nebenbei für diesen Auftritt. Willi in Action!

„Wenn wir die Fünf Freunde sein wollen, wären wir mit dir vollzählig. Wobei du dann nur noch der Hund sein könntest“, lacht Alex.
„Ich bin Alex, schön dich kennenzulernen, Willi.“
Er kippt mit seinem Stuhl in Willis Richtung und streckt ihr die Hand entgegen.
Willi drückt zögerlich seine Hand mit ihrer.
„Hey.“

„Und was seid ihr dann? 'Ne Superheldengang? Bin gespannt, was ihr für Superkräfte habt.“ Willi schaut in Alex' Gesicht.

„Superkraft? Das gefällt mir.“ Alex lacht erneut und jeder der anderen schickt sein eigenes Lachen hinterher.

„Jasper, was ist deine Superkraft?“ Jasper also.

Jasper schiebt seine Hände in die Taschen seines Kapuzenpullis und rutscht im Stuhl hinunter. „Ich bin schnell, leise und unauffällig.“
„Dann bist du derjenige, der Wände hochklettern kann, richtig?“
„Hmm. In 'nem Superheldenfilm, klar.“ Er grinst Willi schief an. Nett.

„Ne, jetzt mal ohne Quatsch. Wir sind Alex“, und damit zeigt er auf sich, „Moritz – Mo, Jasper und das ist unsere Vava, Valentina, die ich unhöflicher Asi, hätte zuerst nennen sollen, fällt mir gerade auf, anstatt mich. Sorry!“ Und damit verbeugt er sich vor Valentina. Vava. Ok.

Vava schließt die Augen, legt den Kopf etwas zur Seite und verbeugt sich ebenso. Sie grinst still.

„Ok, und warum kidnappt ihr mich?“

„Kidnappen ist übertrieben, wir haben dich etwas rabiat in den Raum gebracht.“ Mos Grinsen.

„Hättet ihr nicht einfach die Tür öffnen und mich hereinbitten können?“ Willi versucht, nicht zurückzugrinsen. Schlimm, diese Ansteckungsgefahr.

„Ähm, klar, wäre saulangweilig und total Mainstream gewesen, aber gut.
Übrigens war das meine Idee mit der 42, cool, oder?“ Mo grinst stolz. „Weiß noch nicht“, antwortet Willi, „und wer war der Junge?“
„Mein Bruder.“
„Wusste nicht, dass du ’nen Bruder hast.“
„Jetzt weißt du es.“
„Jap.
Gehört der auch zu euch?“, schiebt Willi hinterher.
„Ne. Der macht aber, was ich sage. Zumindest, wenn ich ihm ’n paar Euro dafür gebe:“ Mo lacht wieder.

War der eigentlich auch mal ohne Lachen unterwegs?

„Dann seid ihr so was wie die Loser-Gang, die sich *spannende Sachen* ausdenkt?“ Und dabei setzt Willi *spannende Sachen* in Anführungszeichen. Hab ich also doch richtig gelegen, ne Truppe.

Wobei das mit dem alten Mann auch echt irgendwie cool gewesen wäre, so spirituell. Aber na ja, Hauptsache, ich bin an kein verrostetes Heizungsrohr gekettet.

„Wir machen Performance, ok“ Valentina schaltet sich das erste Mal ein. Performance. Soso. Sie scheint genervt zu sein von dem ganzen blöden Gerede. Vielleicht wird sie aber auch einfach ungerne als Loser bezeichnet.

„Also, hör mal“, erklärt Alex, der Vavas Stimmung eingeatmet hat, „du bist auf uns aufmerksam geworden, das bedeutet was. Das heißt, du bist so wie wir. Entweder du sagst jetzt, cool, du bist dabei, oder du gehst wieder, nachdem du uns geschwört-“ „Geschworen! Man, Alex, lern mal Deutsch, ja, das ist ja hart uncool“, fällt Jasper ihm ins Wort. Alex ist beschämt, ganz kurz, nur eine Sekunde bedeckt die Scham sein Gesicht, nur ein Schatten. Ein Schatten wie eine Wolke, die sich an der Sonne vorbeidrängelt. Zack, lächelt die Sonne wieder, fröhlich und als wäre nichts gewesen. Alex gibt Jasper die Faust und fährt fort: „Nachdem du uns geschworen hast, dass du keiner Menschenseele von uns erzählst.“

„Ähm, das klingt so ... macht ihr krumme Sachen oder so? Vertickt ihr Drogen, oder von was für einer Art Performance redet ihr?
Und wie läuft das dann hier?“, plappert Willi schnell weiter, „soll ich jetzt eurem Club beitreten, oder wie? Und was wäre dann mein Job?“

„Ganz schön viele Fragen ne? Aber gut, dass du so neugierig bist.
Wir erzählen dir alles, klar. Und dann wirst du uns schon nach und nach kennenlernen. Wenn du willst. Aber du musst sagen, dass du dabei bist, das ist der Deal.“ Ist Alex der Anführer?

Willi zieht die Augenbrauen hoch. „Okay, wie ihr meint. Also, dann bin ich wohl dabei. Und jetzt los, wer seid ihr, was macht ihr? Was hat das mit dem Arm da draußen auf sich? Das war echt krank gerade“, schiebt sie noch einmal hinterher und legt ihre Hand auf ihr Herz. Ich hätte 'nen Herzanfall kriegen können!

Jasper zeigt auf Vava. „Ist Vavas Kunstwerk."

Alex fängt an zu erzählen. Alle machen es sich bequem, lehnen sich zurück. Zuhör-Modus.
„Wir gehören zusammen seit ein paar Monaten. Jeder von uns ist über einen Flyer hierhin gekommen. Den Flyer mit der Frage: Was ist deine Performance? Finde es heraus. Raum *Performance* Hauptgebäude, bla bla bla, Datum, Uhrzeit.
Vava dachte, es wäre ein Kunstprojekt. Jasper dachte, es wäre irgendwas mit Gestalten oder so, ne Jasper?" Jasper nickt. „Und Mo hat es mit Theater verwechselt." „Impro-Theater", ergänzt Mo grinsend. Natürlich grinsend.
„Na ja, wie auch immer, haben wir uns alle angesprochen gefühlt."
„Du hast dich selbst vergessen", sagt Willi.
„Oh, ja, das passiert öfters. Entweder erwähne ich mich als Erstes und manchmal einfach gar nicht. Gestörtes Selbstbild halt.
Der Flyer hing an einem Baum, an den ich gepisst habe."
„Nicht dein Ernst?"
„Doch, Tatsache. Ich hatte mir grad 'nen Joint geraucht und war richtig schön breit, saß auf der Bank da hinten, da am Sportplatz. Dann

musste ich pinkeln und bin hinter die Bank an so ’nen Baum und da steh ich so schön mit offener Hose und pinkel und schaue genau auf diesen Flyer. Was ist deine Performance? Und diese Frage hat so in meinem Kopf gepocht, dass ich am nächsten Tag noch mal hin bin, um zu gucken, ob der Flyer da wirklich hängt und na ja, er hat da gehangen und dann hab ich ihn abgerissen und mitgenommen.“
„Schön formuliert“, endet Jasper mit einem ironischen Ton.
„Jaaa, gut“, räumt Alex gedehnt ein. „Das wär ’ne coole Story gewesen. Irgendwie romantischer. Tatsache ist, ich hab auf den Flyer drauf gepinkelt.“ Alle lachen, obwohl die wahre Variante wohl nichts Neues für sie ist. „Der Flyer war anscheinend irgendwie da ins Gebüsch geflogen und ich hab drauf gepinkelt. Das war trotzdem episch. Und bevor du fragst, nein, ich hab den Flyer nicht aufgehoben und mitgenommen. Hab ihn abfotografiert.“
Willi nickt lachend. „Ok.“
„Na ja, wie auch immer, saßen wir dann alle hier und niemand kam und wir kamen uns ganz schön blöd vor. Aber da lag ein Briefumschlag auf’m Tisch und den haben wir dann geöffnet.“ Alex verzieht seinen Mund zu einem schrägen Lächeln. „Da stand dann: Und? Was ist deine Performance?
Und erst haben wir uns verarscht gefühlt, aber dann haben wir irgendwie angefangen zu reden. Mo hat Performance gegoogelt und wir haben über Kunst gesprochen und irgendwie hat dann

jeder ziemlich schnell von sich erzählt. Keine Ahnung. Das war cool, oder?“, Alex schaut sich um. Alle haben zugehört, einstimmig. Keiner hat Alex unterbrochen und jetzt nicken alle und lächeln.
„Also haben wir gesagt, ok, dann treffen wir uns nächste Woche wieder. Und das haben wir dann gemacht und so geht das jetzt schon seit ein paar Monaten. Wir treffen uns einmal die Woche hier, nachmittags. Der Raum ist immer geöffnet, wenn wir kommen, und nachdem wir gehen, schließt scheinbar jemand ab. Denn zu anderen Zeiten ist die Tür immer verriegelt. Zumindest, wenn ich dem Rest der Truppe glauben darf. Ich bin ja nur zu den Treffen in der Schule.“
„Dachte ich mir schon, dass du kein Schüler mehr bist.
Und dann sitzt ihr hier und quatscht und macht ab und an ’ne verdammt coole Gipsfigur?“ Willis Stimme schwankt, als hätte sie vorher nicht entschieden, wie sie den ausgesprochenen Satz meint, wie sie ihn betonen will. Er kommt schräg raus. Er klingt schräg. Sie lächelt Valentina an. Unsicherheit breitet sich in ihr aus. Vielleicht weil die anderen so sicher sind als Gruppe. Und vielleicht weil das Adrenalin wieder weg ist. So schnell so hochgekocht, hat es sie aufgepumpt wie ein Michelin-Männchen und ist dann wieder entwichen: abgekühlt und gesunken, aus ihrem Kopf gespült und wie aus einer Badewanne durch den Abfluss gesogen. Zurück bleibt Leere und Kälte.

Valentina lächelt zurück, still. Vava. Sie wirkt zögernd, kontrolliert.
„Wir kriegen immer wieder neue Zettel. Bei jedem Treffen. Das sind dann Aufgaben und Rätsel. Es klingt interessant, was drauf steht, und es ist so künstlerisch, so anders. Wir reden darüber, manchmal erst nach einer Woche oder in unserer WhatsApp-Gruppe. Und jeder für sich macht dann etwas daraus und manchmal entstehen gemeinsame Aktionen", sagt sie und Willi denkt, sie redet so bewusst, als sähe sie sich selbst beim Reden zu.
„Ach, cool, okay. Also gibt es einen unbekannten ... wie nennt man das ... hier ... Initiator", Willi spricht das Wort langsam aus, „der euch ... äh ... anleitet? Inspiriert?" Willi entspannt sich wieder. Irgendwie ist das interessant. Nicht nur irgendwie. Nein, Entspannung ist das falsche Wort. Willi fühlt sich geweckt. Gespitzte Ohren. Sie will mehr und mehr wissen. Was hier passiert.
„Inspiration ist das richtige Wort, ja, und Motivation", wirft Jasper ein.

Und irgendwie Tiefgang", sagt Mo. Ui! Du bist ein Tiefgänger?

„Und Sinn. Weil irgendwie verändert das mein Leben, was hier passiert. Ich denke über mein Leben nach, halt", von Alex.

Kapitel 12

Draußen die Veränderung

Weil irgendwie verändert das mein Leben, was hier passiert. Wie Alex das gesagt hat, mit seiner dunklen, einfachen Stimme. So ehrlich, so einfach, so Tatsache. Wer sagt so was schon. So was hat Willi noch nie gehört. So eine ausgesprochene Feststellung. So unaufgeregt. Weil irgendwie verändert das mein Leben, was hier passiert. Das ist ein Satz zum Tätowieren.

Willi liegt im Bett. Sie starrt aus dem Fenster. Dunkel. Still. Fremd. Verrückt. An einen anderen Punkt gerückt.
Der Tag so *wow*.
Ihr Handy vibriert.
WhatsApp.
Unbekannte Nummer hat sie zu der Gruppe Vivimus et vivimus hinzugefügt.
„Hey, window. Hoffentlich hat sich dein Herzschlag inzwischen wieder normalisiert. Herzlich willkommen in der Performance-

Gruppe. Wenn du einer Menschenseele davon erzählst, bist du tot ~Mo~
Nächste Nachricht: Scherz.
Nächste Nachricht: Aber du wärst so gut wie tot und das ist fast so schlimm, wie tot zu sein, vielleicht sogar schlimmer ~Mo~
Nächste Nachricht: *stöhn. ich glaub, Willi hat's verstanden ~Vava~
Nächste Nachricht: Also stell sicher, dass keiner deine WhatsApp liest ~Jasper~
Klar, Geheimgruppen-Ehrenwort *

~Willi~

Vivimus et Vivimus.
Willi googelt. Googelt und grinst.
Wir leben, deswegen leben wir.
Das hab ich mir ausgedacht, cool, oder?, sagt Mo vor ihrem geistigen Auge. Und dabei grinst er so, wie es ihm möglich ist.

@willi.window 16
vivimus et vivimus

Willi kribbelt und knistert und wartet. Ob das Warten wohl jemals aufhört?

Sie wartet auf eine nächste Nachricht. Aber die Gruppe bleibt stumm. Sie begegnet Jasper und Vava in der Schule. Ausdruckslose Gesichter gucken durch sie hindurch. Pokerface. Nichts hat sich verändert. Augenscheinlich. Draußen.

Doch drinnen. Wow, das ist schräg.

Die Düsternis. Die schwere, alltägliche Düsternis.
Ist noch einmal düsterer geworden.
Vielleicht, weil es draußen heller geworden ist.
Wegen des Kontrasts.

Willi weiß nicht so recht. Zumindest schwebt sie. Seit dem Tag in Raum 42. Seit 5 Tagen. In einer Art Zwischenraum. Sie fühlt sich anders. Ansatzweise gut und frisch und neu und aufgeregt und hoffnungsvoll. Weil das, was da passiert ist, ist doch wohl einfach megakrass, oder? Das alles gesamt, einfach zum Feiern!

Willi feiert das alles. Still für sich, als heimliches, bittersüßes Geheimnis. Sexy und aufregend. So, wie man sich an etwas erfreut, was niemand sonst weiß. So klein, nicht ausladend. Heißt es dann einladend? Nein. So unreal? Was bedeutet etwas, wenn niemand da ist, der Sache Bedeutung zu geben? Weil, man deutet ja auf etwas, ne?

⇩

Zumindest bin ich da.

⇧

Wichtige Feststellung.

Willi starrt auf Mo. Auf sein Profil. Er sitzt und schreibt; hektische Zahlen.
Sie wendet ihren Kopf Richtung Fenster. Schaut nach draußen. Es regnet und es regnet weiter, dunkel, grau und hellgrau. So wie immer. Gefühlt seit Wochen.
Der Frühling macht sich bereit, putzt sich heraus für uns, wäscht sich noch ein letztes Mal ausgiebig. Wringt seinen Schwamm aus.
Du wirst schon schön genug sein, eitler Frühling. Stell dein Bad ab, denkt Willi und findet all diese Gedanken äußerst beruhigend. Fenstergedanken.
Und dass die Welt weiterläuft, egal, ob etwas passiert oder nicht. Es regnet, ob du traurig bist,

gesund oder reich. Die Sonne scheint, ob du glücklich bist, krank oder arm.

Was wäre Willi ohne den Blick nach draußen?

Der Raum hat keine Fenster.
Wie konnte ihr das beim letzten Mal nicht aufgefallen sein?
Willi starrt an die Wände und schaut sich dann im Raum um.
Eine Rumpelkammer. Der Inbegriff einer Rumpelkammer. Einer Schulrumpelkammer. Atmosphärisch klaustrophobisch, wirbeln Staubpartikel unter dem Schein der Deckenlampe. Wie Licht anbetende Motten ereifern sie sich im Strahl der Helligkeit.
Dieser Raum könnte auch bereit sein für ein filmreifes Verhör aus einem Kriminalfilm der 80er-Jahre.
Ein alter Computerbildschirm steht in einer Ecke. Ein Aktenschrank, an die Wand gelehnt eine Rasterleuchte. Vielleicht ist dieser Raum eine Abladestelle für 1-Ding-Dinge, für die keiner mehr Verwendung findet. Obwohl das wahrscheinlich Quatsch ist. Nur so ein Gedanke. Menschen räumen einfach oft nicht auf.
Eine zusammengeklappte Beamer-Leinwand und dieser speckige, kalte Ledersessel.
Ein Schreibtischstuhl, vermutlich aus den 60er-Jahren, weil er so 60er-Jahre aussieht, mit seiner eckigen Form, seinem Schulholzdekor und aber 3 Stühle, alte, ausrangierte, aus

Klassenräumen. Bereitgestellt für die Performance-Gruppe.

@willi.window 17
Siehst du die Rumpelkammer vor dir?
Mach die Augen zu!

„Woher wusstet ihr eigentlich von mir? Also ich mein, ich bin in 'ner Geschichtsstunde auf den Arm aufmerksam geworden, hab 'n bisschen rumgefragt und bin hier unten einmal planlos rumgelaufen", fragt Willi plappernd schnell. Sie ist verunsichert, freudig komisch, bei diesem Treffen dabei zu sein, bei dem sie nicht weiß, was von ihr erwartet wird. Hat sie etwas nicht mitgekriegt oder ist ihre Frage berechtigt?
„Das könnt ihr doch nicht mitgekriegt haben", schiebt sie hinterher.
„Haben wir auch nicht. Du bist sooo durchsichtig, window." Mo zwinkert ihr zu.

Darauf antwortet Willi nicht. Was soll man darauf auch antworten?

„Wir haben deinen Namen bekommen", schaltet sich Vava ein und Mo sagt: „Einen Zettel mit Willi, 9c", und dabei breitet er seine Hände in der Luft aus,

„möchte der Performance-Gruppe beitreten. Wie holt ihr sie ins Boot?"

„Ah, echt?", fragt Willi weiter.
„Unser anonymer Boss hat wohl bemerkt, dass du auf uns aufmerksam geworden bist, denn Flyer gibt es schon längst nicht mehr." Wieder Alex.

„Ähm ja, ich hab Herrn Schling gefragt und Frau Bahlen.
Achso und dann hab ich noch 'ne Frau von der Gemeinschaftshochschule angerufen."
Willi grinst und presst die Lippen aufeinander.
Mo lacht. „Uhh, du warst aber wirklich neugierig."
„Gibt ja auch hier sonst nicht so viel Action", entschuldigt sich Willi.
Jasper schaltet sich ein: „Na ja, nichts gegen deine Skulptur, Vava, die ist echt der Hammer, aber Action ist das ja nicht gerade."
„Stimmt. Aber sie hat Aufmerksamkeit erregt, zumindest bei mir. Und das zählt doch bei Kunst – und überall." Willi zuckt mit den

Schultern und schaut sie alle an. Vava lächelt, Mo lächelt, Jasper und Alex lächeln, stimmen nickend zu. „Hast recht", antwortet Jasper und sagt noch: „Cool."
„Was hat dich interessiert? Also, an meiner Skulptur? Machst du auch Kunst?" fragt Vava in ihrem ruhigen Tonfall.

„Nee. *Warum mache ich eigentlich keine Kunst??*

Also ich fand's halt krass, dass sie plötzlich da war. Das war irgendwie magisch", Willi zuckt mit den Schultern, „als würde sie aus dem Boden ragen, also wirklich, so echt, so eindringlich."
„Vielleicht wolltest du aber auch nur so eindringlich, oder eher ausdrücklich aus Geschichte", sagt Mo ganz unbeschwert, wie er immer so spricht, nur dass er jetzt nicht grinst. Er schaut Willi eindringlich und ausdrücklich an.

Wow.

Willi starrt zurück und die Zeit hat sich verändert. Sie schaut Mo an und er wartet auf ihre Reaktion. Erwartet ihre Reaktion.
„Stimmt wohl", sagt sie zögerlich und langsam. Ganz langsam fangen ihre Augen an zu lächeln. Ihre Mundwinkel ziehen nach, aber langsam,

ganz langsam. *Sieht man das?*

„Dann kommen also Herr Schling, Frau Bahlen und diese Gemeinschaftshochschulen-Frau als unsere Gruppengründer in Frage, wa? Und, na ja, noch die, die deine Fragerei vielleicht mitangehört haben, ne?“, detektiert Jasper vor sich hin und beendet somit diesen Moment zwischen Willi und Mo. Aber beendet ihn irgendwie nicht ganz.

Alex wedelt mit einem Briefumschlag. „Hier, Leute, next challenge“, und unterbricht somit Jaspers fragende Feststellung.
Willi schaut ihn fragend an und Alex beantwortet ihre nicht ausgesprochene Frage mit: „Der Brief liegt immer schon im Raum, wenn wir kommen.“
Da liegt er nun in Alex’ Hand und alle starren ihn an. „Willi, du darfst“, bittet Alex sie.
Willi schüttelt den Kopf. Sie möchte eigentlich hier erst mal eine Probestunde machen. Geht das? Ganz kostenfrei und unverbindlich, mal zuschauen, gucken, wie die anderen das so machen.
„Sicher?“, fragt Alex.
„Sicher“, sagt Willi. Vava greift zum Umschlag, nachdem sie Alex’ Blick aufgefangen hat. Sie zieht einen weißen Zettel heraus, der einmal zusammengefaltet ist. Sie klappt ihn auseinander und liest vor:

Worauf wartest du?

Hör auf, zu warten!

Was kannst du stattdessen machen?

Willis Gesicht wird kalt und dann heiß. Oder andersherum. Manchmal verwechseln sich diese Extreme. Sie fühlt sich beobachtet, angeguckt von allen und irgendwem.
Warten. Am liebsten möchte sie sich umschauen und nach der versteckten Kamera suchen oder nach dem Stalker, der sich für sie entschieden hat.
Warten.

Willi hat sich noch nie so direkt angesprochen gefühlt. Irgendetwas regt sich in ihr.

Kapitel 13

Drinnen die Regung

Vielleicht wolltest du aber auch nur so eindringlich, oder eher ausdrücklich aus Geschichte.
Ein Echo in ihrem Kopf. Aus Geschichte, Geschichte, Geschichte. Aus der Geschichte. Eindringlich und ausdrücklich. Eindringen und ausdrücken. Ein und aus. Ein und aus. Nur aus. Nur aus. Nur raus.
Willi. Window. Will nur raus. Raus aus der Welt. Raus aus dem Fenster. Rein in die Welt. Wirklich rein? Eher hauptsächlich raus. Ohne zu wissen, wohin raus. Was ist denn raus? Raus wäre ja in irgendetwas anderes hinein. Drinnen Düsternis. Draußen das Leben.
Ist das so?

Aber erst mal muss sie sich mit dem Warten beschäftigen. Soll sie sich mit dem Warten beschäftigen.

Oder hängt das zusammen?

Ehrlich gesagt, Leute, ich weiß nicht, was ich da für 'ne Tür geöffnet hab, mit der Tür zu Raum 42, mit dem Öffnen der Büchse der Pandora, mit dem Reiben an der Wunderlampe und was-weiß-denn-ich-alles?! Ich weiß nicht, ob mir das alles 'n bisschen zu abgefahren ist.

Das Wochenende zieht sich wie der kaugummigste Kaugummi. So'n Hubba Bubba, auf dem man schon drei Stunden drauf rumkaut Mit ohne Verabredung und grauem Wetter. Und Lebensmittel einkaufen am Samstag. Das tut schon echt weh im Herzen einer 15-jährigen, mit der Mama einkaufen zu gehen. Leute, an einem SAMSTAG ABEND! Armseliger geht's ja wohl kaum!

Und deswegen ist die Performance Gruppe eine gute Sache, denkt Willi und bei dem Gedanken gluckst irgendetwas in Willis Kehle. Bestimmt nur irgendein Hickser oder die Cola von eben.

Aber das Warten auf Veränderung geht weiter, in dem es sich in das Warten auf eine Idee für das Warten verlagert hat. Willi denkt Verdammte W***! Worauf wartest du? Hör auf, zu warten!
Was kannst du stattdessen machen?
Es hört nicht auf. Das Warten.
Sie fühlt sich gestresst. Ihr will nichts Cooles, Großartiges einfallen. So eine Frage musste sie noch nie beantworten. So ganz ohne Vorgabe. So: Hier, mach was draus!
Noch nicht einmal bei Frau Buchwald. Obwohl ständig alle fragen: *Was willst du machen?* Und klar, auch Frau Buchwald fragt das. Diese Frage gehört ja wohl zu den 10 meistbenutztesten

Fragen von Therapeuten! Aber es klingt immer mehr nach einer rhetorischen Frage.

Bestimmt macht Vava ein kunstvolles, wartendes Dingsda.
Und was wohl die anderen machen?
Willi spürt Anspannung. Sie weiß nicht, wann das letzte Mal etwas von ihr erwartet wurde, was so neu für sie war. Und ehrlich gesagt, weiß sie auch nicht, warum sie da jetzt so eine Sache draus macht. Manche Hausaufgaben macht man halt, manche nicht.
Die Herausforderungen in der Schule sind im Grunde immer die gleichen. Manche stressig, manche nervig, manche langweilig und manche peinlich.
Aber das jetzt ist so anders. So ganz und gar ohne Vorgabe. So irgendwie auf einer anderen Ebene.

Die WhatsApp-Gruppe ist still. Willi traut sich nicht zu schreiben. Was soll sie auch schreiben? Hat jemand einen Tipp für mich? Ne, so läuft das nicht.

Warten.

Montag. Willi sitzt auf dem samtigen Klavierhocker in Weinrot und plötzlich will sie nicht mehr sitzen. Nie wollte sie weniger sitzen.

Wie kann man bei Musik nur sitzen? Wie konnte sie die ganzen Jahre sitzen? Sie will aufspringen und alles raussingen, was sonst ihre Finger tun. Eigene Töne tun. Irgendetwas schießt durch sie. Vielleicht der Stress mit dem Warten. Vielleicht die Angst. Vielleicht die Wut.

Oder alles. Oder nichts. Vielleicht Verstopfungen.

Aber sie bleibt sitzen und ihre Finger drücken die Tasten herunter. So, als würden sie das erste Mal die Tasten herunterdrücken, mechanisch-steif.
Weil Willi nicht weiß, was und wie. Wegen der Erwachsenen-Hemmung.
Willi möchte ein Kind sein und aufspringen und singen, wie es ihr aus dem Mund kommt. In einer eigenen Sprache Silben in die Welt schmettern, mit einer ganz eigenen Melodie. Ohne Sinn und Verstand, ohne Anfang und Ende auf die Tasten hauen, ohne Anspruch und ohne am Ende etwas Sinnvolles und Schönes erschaffen zu haben. Freude am Tun.

Aber da steht Moni und schaut auf sie runter und Willi wiederholt automatisiert das mit den Fingern auswendig gelernte Stück, das niemand kennt und niemand hört und, wenn er es hört, es nicht unterscheiden kann von dem davor und dem danach. Nur Klavierspieler können das. Wenn überhaupt.

Hey, Vava. Ich glaub, ich brauch etwas Starthilfe

~Willi~
Schilderstraße 13a, um 16:30 Uhr?

~Vava~

Danke! Bis gleich! ~Willi~

„Wohnst du hier?“, fragt Willi, als sie von ihrem Rad steigt.
Vava sitzt auf einem kleinen Mäuerchen vor einem großen Hochhaus.

„Ja. Du wohnst bestimmt anders.“ Sie schaut Willi mit hochgezogenen Augenbrauen an.
„Äh, ich wollte dich nicht beleidigen.“
„Schon gut. Hier wohne ich halt.“ Sie zuckt mit den Schultern und springt von der Mauer.
„Wollen wir rein?“

Als sie in der Wohnung ankommen, ist Willi außer Puste und sie fragt sich, in welchem Stockwerk sie wohl angekommen sind. 100 pro im 30. oder so!

Die Wohnung ist klein und irgendwie fremdartig. So ganz anders als die Einrichtungen, die Willi kennt.
„Ich wohne hier allein mit meinen Eltern. Die sind grad arbeiten.“
„Was arbeiten sie?“
„Mein Vater ist Busfahrer und meine Ma arbeitet bei einer alten Dame, Haushaltshilfe, Pflegerin und so. Hab keine Geschwister. Nur etliche Cousinen und Cousins, aber die wohnen nicht in Deutschland.“
Willi schaut sie fragend an.
Vava lacht. „Ich komme aus dem Iran, wusstest du das nicht?“
Willi schüttelt den Kopf, beschämt.
„Sorry, darüber hab ich nie nachgedacht. Du sprichst so ein gutes Deutsch.“
„Danke für das Kompliment, besonders für das erste. Wir sind seit 4 Jahren hier und, na ja, Sprache liegt mir. Ich mag das Deutsche und

ich habe viiieeele Deutschkurse gemacht, neben der Schule." Sie legt die Hände zum Gebet und schaut nach oben.
„Das ganze Haus ist voller Asylanten, Menschen mit Migrationshintergrund, und das Haus daneben auch. Hier könntest du Tage und Wochen verbringen und dir die Geschichten der Menschen anhören. Gebildete Menschen, ungebildete Menschen, nette Menschen und nicht so nette Menschen", Vava lacht, „Familien und Alleinstehende, Menschen mit tragischen Schicksalen. Verfolgung, Krieg, Verlust, Tod, ach, und so viel dazwischen."
Willi stellt sich vor, wie sie an den Türen klopft, Tür für Tür. Stellt sich vor, wie sie überall hereingebeten wird. Und dann sitzt sie da, zwischen all den (endlich!) fremdartigen Menschen und lässt sich fremde Geschichten erzählen und darf fremdes Essen essen. Fremde Gerüche riechen und fremde Stimmen in fremden Sprachen hören.

Deshalb spricht sie so bewusst, denkt Willi und schüttelt in Gedanken nochmals den Kopf. Verrückt, wie viel man von anderen nicht weiß.

Verrückt, wie wenig man von anderen weiß. Nur die Spitze des Eisberges und so.

Vava zeigt auf ein gerahmtes Bild mit kunstvollen Schriftzeichen an der Wand. „Schau mal, das ist die arabische Sprache. Die wird von rechts nach links geschrieben."

„Wow, sieht aus wie ein Geheimcode."
„Das ist ein muslimisches Gebet. Aber wir sind keine strengen Muslime. Ich glaube, inzwischen ist der Glaube unserer Familie einfach nur noch ein Stück Heimat für uns, Familie, Kindheit meiner Eltern. Meine Eltern haben beide studiert. Ich glaube, Studieren macht dich frei, nicht nur finanziell."
„Aber wenn sie studiert haben, warum arbeiten sie jetzt als Busfahrer und Haushälterin? Können sie nicht auch hier in ihren Berufen arbeiten?"
„Dafür spricht mein Vater ein zu schlechtes Deutsch. Er bemüht sich, aber es ist ein gebrochenes Deutsch, wie man so sagt. Es strengt ihn an. Das ist schlecht als Professor der Physik. Er hat in Teheran an einer Uni unterrichtet."
„Krass! Und deine Mutter?"
„Meine Mutter spricht sehr gut Deutsch. Sie hat sich schnell hier eingefunden. Aber sie ist Juristin. Iranische Juristin. Keine für ein deutsches Rechtssystem. Und wenn man hier hinkommt und vom Sozialamt Geld kriegt und eine Sozialwohnung bekommt", Vava zeigt durch die Wohnung, „dann läuft das irgendwie nicht so, dass man dann eine Bewerbung an eine Rechtsanwaltskanzlei schickt." Vava zuckt mit den Schultern und geht in die Küche. „Willst du was trinken?" „Gern, 'n Wasser."

„Ich komme aus der Stadt Teheran, der Hauptstadt. Groß und laut. Da gibt es den

Bordsch-e-Milad. Das ist ein riesiger Fernsehturm. Wenn du da oben stehst, dann denkst du, die Welt gehört dir. Dann schaust du nach unten und da ist alles so klein. Und für alle, die da unten stehen, ist alles so groß und unüberschaubar. Du siehst nicht, was direkt in deiner Nähe ist. Von oben ist das anders. Du hast den totalen Überblick und ganz viele Aha-Erlebnisse. Ach, da ist das und das. Das ist ja gar nicht weit von dem und dem. Und du siehst genau, wie du dahin kommst. Erst wenn du die Stadt mal von da oben gesehen hast, kannst du sie verstehen."

„Komm mit", sagt sie und drückt Willi ein Glas Wasser in die Hand. Willi folgt ihr auf einen kleinen Beton-Balkon.
Willi starrt auf ein endloses Grau an Häuserwänden. Sie hat sich immer gefragt, wie das ist, wenn man in einer Wohnung dieser Häuserblocks wohnt, aber nie als praktische Frage.
Vava erzählt weiter.
Erzählt davon, dass ihre Eltern ihr den Namen Valentina gegeben haben, weil ihre Mutter eine kluge, inspirierende Frau namens Valentina als Lehrerin hatte, von der sie heute noch schwärmt. Sie erzählt vom Kaspischen Meer und dem Elbur-Gebirge und für Willi klingt das alles ganz fantastisch fremdartig.
Sie lauscht Vavas Worten und versenkt ihren Blick in dem Kirschbaum, der unten vor dem Haus steht. Der blühende Baum, der seine

zartrosa Blüten dem ganzen Grau hier schenkt. Man braucht den Kontrast, denkt Willi. Sie zieht das Bild in sich, mit jedem frischen Atemzug.

So stehen die beiden Mädchen an das Balkongeländer gelehnt und jede schaut für sich in die Weite.
Vielleicht sieht Vava die schneebedeckten Berge des Elbur-Gebirges.
Vielleicht ist Willis Blick immer noch in dem Rosa der Kirschblütenäste verfangen.
Vielleicht ist es auch andersherum.
„Bringst du es mir bei?“, fragt Willi, ohne Vava anzuschauen.
„Was?“
„Arabisch. Ich will auch so schreiben können, wie auf dem Bild an eurer Wand.“
„Mach ich.“
Beide werfen ihr stummes Lächeln, da oben vom grauen Hochhaus, aus dem elften Stock, hinaus in die Welt.
Und als Willi nach Hause radelt und jeder Tritt in die Pedale sich irgendwie leicht anfühlt, als hätte sie in einen Gang geschaltet, den sie bisher noch nicht benutzt hat, fällt ihr ein, dass sie Vava gar nicht auf die Aufgabe angesprochen hat. Das Warten. Hat ausgesetzt.

Willi sitzt vor ihrem Laptop von Klassenzimmerstuhl zu Klavierhocker, zu Schreibtischstuhl … dieser Stuhlgang ist doch ein Elend #vonwortwitzzuwortwitz Bitte Platz einnehmen! und starrt auf das digitale weiße Blatt und den senkrechten, schwarzen Strich, der blinkt und sie auffordert zu schreiben. Der nur darauf wartet, von den Buchstaben weiter nach rechts geschoben zu werden.

Sie soll eine Bewerbung schreiben, für Deutsch. Natürlich im höheren Sinn für sich selbst und nicht nur für Deutsch. Aber ja, klar.

Sie denkt an die wunderschönen arabischen Schriftzeichen, diese kunstvolle Malerei und stellt es sich komisch vor, von rechts nach links zu schreiben.

Warten. Warten. Warten. Dröhnt es in ihrem Kopf. Klimpert sie auf die Tasten an ihrem Laptop.
Buchstaben, die zu Tönen werden.
Wörter, die zu Rhythmus werden.

Fängt Willi langsam an, betont den Klang, lässt nachwirken. Tipp, tipp, tipp, Punkt.
Kommt, ihr Wörter, ruft sie still.

Ich warte darauf, dass ich aufhöre zu warten.
Warten. Warten.
Ich will anfangen zu starten. Starten. Starten,

echot es aus ihr heraus und sie mag den Reim.
Den Klang von gleich auf gleich.
Sie fühlt sich, als wenn sie vor dem Klavier sitzt.

Ich warte darauf, dass ich das mit der Zeit vergesse,
weil das ist irgendwie ein einziges Gestresse.
Womit messe ich die Zeit?

Sie wird immer schneller.

Presse meinen Kopf gegen die Scheibe.
Warte auf die Wendung. Endung.

Jetzt langsam: *Auf 'ne neue Sendung.*
Ganz langsam: *Ding Dong.*
Ich warte dann vielleicht auch immer auf das
Schneller: *Nächste, Weiter, Neue, Mehr. Was wünsche ich mir so sehr?*
Immer schneller: *Dass ich das Warten lasse.*
Lasse. Lasse. Weil ich endlich fucking kapiere,
dass ich nichts verpasse, passe, passe.
Und das letzte *passe* ruft sie laut hinaus.

@willi.window 18

Willis erster Text! Lies ihn, teile ihn, vervielfältige ihn!

Willi springt auf. Voller Adrenalin. Ein Klavierspieler, voller Emotion, wirft seinen Kopf nach hinten, wie ein Rassehengst, der sich aufbäumt. Das Publikum erhebt sich, donnernder Applaus. Jubelschreie von den Rängen. Tataa, tataa, tataa. Glanzvoll verlässt der Spieler die Bühne, das rauschende Klatschen verebbt noch lange nicht. Er schläft mit dem Klang in seinem Körper ein. Oder ist es nur das rauschende Meer, das er durch sein offenes Fenster hört? Denkt sie sich und grinst.

Sie stellt sich vor den Spiegel. Na ja. Sie lächelt ein bisschen weiter. Ein bisschen noch mehr und breiter. Denkt sie an Mo. Ihre Augen lachen und ihr Mund und ihr ganzes Gesicht.

Willi liest den Text noch einmal und noch einmal. Spricht ihn laut und betont ihn. Er ist wie heilende Musik. Es ist ihr Text. Ist das ein Gedicht? Hab ich echt 'n Gedicht geschrieben? Warum hat mir nie einer gesagt, dass ich kreativ bin?

Kapitel 14

Drinnen die Kreativität

Willi befühlt ihre Gesäßtasche. Ja, der Zettel ist noch da. Sie schiebt ihn zur Sicherheit etwas tiefer. Sie ist aufgeregt. Sehr.
Ist es das, was die anderen erwarten? Was haben die anderen gemacht?
Es ist schwer, etwas zu zeigen, was so nah an einem, in einem ist. Von innen nach außen oder von außen nach innen?
Es ist nicht so wie Englisch-Hausaufgaben vorlesen.

Es ist mehr wie: Bitte lies uns doch jetzt eine Seite deines Tagebuchs vor.

Vava holt aus einer großen, blauen Umhängetasche ihren Beitrag.
Wie vermutet ein kunstvolles Dingsda. Eine Skulptur einer Uhr. Aber völlig aus der runden Form gelöst. So, als wäre der Uhrzeigerring

aufgeschnitten und gezogen und verbeult worden. So, wie wenn man eine Büroklammer auseinanderbiegt. Die Zeiger sind so gebogen, dass sie auf einen selbst zeigen, wenn man vor der Uhr steht. Großartig.
Alle staunen. Vava erklärt: „Als ich über das Warten nachdachte, musste ich immer wieder an die Zeit denken. Ich weiß nicht, wie es euch ging. Warten ist ja eine Empfindung, die mit Zeitraum verbunden ist. Und dann dachte ich immer an eine tickende Uhr und ich wollte sie zerschlagen. Aber dann dachte ich, ne, die Zeit wird einfach verändert. Das Warten ist ja auch so oft eine subjektive Sache, für jeden anders und manchmal wartet man gefühlt endlos auf etwas und manche Sachen sind sofort da. Wisst ihr?"
„Genial!" platzt es aus Willi raus. Sie ist total beeindruckt. Alle beglückwünschen Vava zu ihrer Arbeit.
Wie toll das ist, wenn man in einer kleinen Gruppe zusammen ist, denkt Willi. So liebevoll und so miteinander. In der Klasse macht das als erstes der Frontalunterricht kaputt. Das Sich-gegenseitig-Beglückwünschen und Sich-stärken, teilzuhaben daran, was der andere da gerade macht, ist unterbunden. Könnt ihr mal aufhören, euch gegenseitig anzugucken. Hahaha.

Und in allen Gruppen, in denen Willi war, hat es auch irgendwie nie funktioniert. *Tanzgruppen und so.*

Klar, ihre Freundinnen hat sie echt gerne, aber Willi denkt oft, da fehlt was. Da fehlt etwas an Miteinander vielleicht.

Und hier, wo alle so unterschiedlich sind, trifft man aufeinander und irgendwie ist alles gut …

„Gute Arbeit, Vava!“ Jasper beugt sich mit seinem Gesicht ehrfürchtig vor die Skulptur und folgt den Formen.

Dann springt er aus der Hocke wieder hoch und hebt seinen Arm und damit den Zeichenrollenköcher von seiner Schulter. Mit dem hat Willi ihn schon öfter gesehen. Umgespannt sieht es ein bisschen so aus, als wäre darin eine zusammengeklappte Anglerrute oder ein Jedi-Leuchtschwert.

Willi sieht ihn vor sich in seinem schwarzen Hoodie, klein und wendig und Kapuze über dem Kopf. Zack, greift er über seine Schulter und schon hat er ein leuchtendes, glimmendes Schwert in der Hand, dass er gekonnt nach links und nach rechts schwenkt. Dann geht er einen Schritt nach vorn. Angriff. *Was ist das für eine ausufernde Fantasie in meinem Kopf? Tritt* über die Ufer und überschwemmt mein ganzes Gehirn.

Alex hebt Vavas Kunst vorsichtig auf den Boden und Jasper breitet seine Rolle auf dem Tisch aus.
Sichtbar werden schwarze Tusche-Zeichnungen in Kästchen. Ein Comic.
Alle beugen ihre Köpfe über den Tisch und schauen sich die Bilder in ihrer Reihenfolge an. Harte, dynamische Striche, steht jeder Strich so ausdrucksstark für sich und doch kann er ohne die anderen seiner Art nicht zur Geltung kommen. Das Schwarz so hart, das Weiß so hart. Und doch so Kunst, so liebevolle Hinwendung, erzählen die Striche von einem kleinen Jungen, der einen Brief schreibt, ihn in den Postkasten auf der anderen Straßenseite seines Hauses schmeißt und auf Antwort wartet. Er wartet und guckt aus dem Fenster und guckt jeden Tag in seinen Briefkasten und sitzt auf einer Bank und guckt einem Schmetterling beim Flattern zu und wartet. Auf der anderen Seite der Welt.

Derweil liest ein kleines Mädchen den Brief des Jungen und setzt sich an ihren Schreibtisch, schreibt die Antwort. Dann geht sie auf die andere Straßenseite vor ihrem Haus und schmeißt den Brief in den Postkasten. Sie wartet und guckt aus dem Fenster und guckt jeden Tag in ihren Briefkasten und sitzt auf einer Bank und guckt einem Schmetterling beim Flattern zu und wartet.

@willi.window 19
Sieh dir Jaspers ersten Comic an!

Alle lesen sich mit ihren Sinnen durch die Geschichte. Lesen sich in die Geschichte. Fallen durch die Kästchen in die Geschichte hinein, die schwarzen Striche so hart und weich und beweglich und plötzlich flattert der Schmetterling tatsächlich mit den Flügeln. So kommt es Willi zumindest vor.
Jasper zuckt mit den Schultern und grinst. Ich finde das Warten ganz romantisch, würde er sagen, wenn er jetzt was sagen würde. Tut er

aber nicht. Mo stupst ihn grinsend an, so ein

von Mann-zu-Mann-Verbundenheitsgefühl-

Zwinker, ein auch für Männer viel zu heftiger

Rückenklopfer, Prost, bla bla bla.

„Hammer, Mann!“, platzt es aus Alex und alle finden, das ist großartig, was Jasper da gezeichnet hat.
„Seit wann zeichnest du? Das ist ganz großartig.“ Willi findet, sie ist in einer Talentschmiede gelandet, nicht in einer Nerd-Gang.
Sie befingert ihre Hosentasche und schiebt den Zettel noch tiefer in die Jeans.
„Seit meiner Kindheit. Bestimmt bin ich mit ’nem Stift in der Hand auf die Welt gekommen.“ Er rollt den Comic sorgsam wieder ein und schiebt ihn in die Schutzhülle zurück.
„Irgendwann gehört der Stift irgendwie zu deinem Körper, so als elfter Finger oder so.“

Mo holt sein Handy heraus und reicht es Alex. „Drück hier drauf, wenn ich Go sage, und ihr macht mir ein bisschen Platz, ja?!“ Und dann reibt er sich die Hände. Er grinst.
Er schiebt den 60er-Jahre-Schreibtischstuhl an den Tisch und setzt sich. Dann sagt er Go und es ertönt ein lautes Tick, Tick, Tick. Immer weiter: tick, tick, tick, tick, tick.

Mo fängt an zu spielen. Fängt an sich zu bewegen, zu leben. Er starrt nach vorne und tippt mit allen zehn Fingern in eine unsichtbare Tastatur. Immer wieder unterbricht er dies, um auf seine unsichtbare Armbanduhr zu schauen. Er steht auf, schnappt sich seinen Rucksack, tritt zwei unsichtbare Stufen hoch, geht ein Stück und hält sich mit einer Hand in der Luft fest. Tick, tick, tick. Er schaut zur Decke und steht. Dann steigt er wieder zwei Stufen hinunter, geht ein Stück und stellt die drei Stühle hintereinander, sich dahinter. Tick, tick, tick. Er schiebt sich und die Stühle immer ein kleines Stück vorwärts. Tick, tick, tick. Dann schiebt er die Stühle in einer Reihe an die Wand und setzt sich auf einen, streckt die Füße von sich, starrt zu Boden. Tick, tick, tick. Er ruft, versteckt in seine Hand: „Herr XY, Sie sind an der Reihe." Dann hört das Ticken auf und Mo fällt vom Stuhl. Er lacht belustigt rau, mit den letzten Zügen seines Stimmbruchs.
Alle applaudieren ihm und Mo grinst sein breitestes Lächeln. Er verbeugt sich.
Willi ist eingeschüchtert beeindruckt.

Alex ist dran.
Er holt aus seinem knallroten, zerschlissenen No-Name-Rucksack vier Päckchen und gibt jedem eins in die Hand. Willi dreht das in Backpapier eingewickelte viereckige kleine Paket hin und her.

„Ahh, neuer Stoff!“, freut sich Mo und riecht an dem Päckchen. Willi sieht ihn erstaunt an und schon riecht sie, was Mo gerochen hat.
„Hafer und Honig“, sagt Alex, ehe sie fragen kann. „Ey, das riecht nach diesem Müsli, hier, wie heißt das noch mal?“, fragt Mo Vava. Vava schüttelt den Kopf, während sie an ihrem Stück riecht. „Keine Ahnung, welches du meinst. Das riecht toll, Alex.“
Das riecht wirklich toll, denkt Willi. Sie packt das
Backpapier aus und hält eine glatte Seife in der Hand. Cremefarben, glatt und kühl.
„Alex ist unser Sieder“, erklärt Jasper ihr.
„So nennt man das, wenn man Seifen macht. Hab ein Labor unten im Keller bei mir im Haus, da siede ich.
„Stellst du da nur Seifen her oder auch anderes Zeugs?“ Willi lacht.
„Nur Seif-“
„Inzwischen nur noch Seifen“, schaltet sich Jasper dazwischen.
„Ja, hey mein Vermieter ist echt korrekt. Dem darf ich keinen Ärger machen und, na ja, mir selbst auch nicht mehr. Will ja meine Freiheit behalten.“ Alex hebt die Hände. „Ich seh nicht aus, wie ein Typ der Hafer-Honig-Seife herstellt, oder? Ich mach sogar Lavendelseife.“

„Cool, echt cool!“, sagt Willi. Das ist wirklich cool.

„Hört mal, Leute, also meine Gedanken dazu.“

Und zack, machen es sich alle bequem, setzen sich hin, spitzen die Ohren. Oder kommt es Willi nur so vor? „Warten ist: den Dingen die richtige Zeit geben. Dachte ich so. Alles hat seine Zeit. Alles braucht seine eigene Zeit. Und manchmal wissen wir nicht, was wie viel Warten verlangt. Guckt mal, das Sieden ist, wenn man sich einmal reingefuchst hat, keine große Sache. Zumindest wenn man es einfach hält und nicht herumexperimentiert." „Mit Hafer und Honig meinst du?", fragt Willi. „Ja, zum Beispiel. Man kann tausende Sachen in 'ne Seife packen. Eigentlich so gut wie alles. Na ja, auf jeden Fall, die längste Zeit nimmt der wichtigste Prozess in Anspruch. Das Warten. Die Zeit, wenn du schon alles gemacht hast und dann nur noch warten kannst, bis die Seife reif ist. Hoffen, dass sie was wird."

Bis die Zeit reif ist, denkt Willi. *Reife Seife.*

Alle nicken einstimmig, hängen ihren Gedanken nach, lassen Alex' Gedanken wirken und riechen ab und an ihren Seifen.

„Willi, wie sieht's mit dir aus? Ist dir was zum Thema eingefallen? Konntest du damit was anfangen?", fragt Alex sie.

„Ähm. Also, ja, ich hab was. Ich frag mich grad ehrlich gesagt nur- na ja, ihr habt hier grad echt hammer Sachen präsentiert, liefert ihr jede Woche so ab??“

„Klar“, antwortet Mo postwendend.
„Quatsch“, antwortet Vava ebenso postwendend. Guck mal, wir machen das hier schon seit ein paar Monaten“, erklärt Alex.

„Weißt du, die Kunst verändert uns. Vielleicht öffnet sie uns. Auf jeden Fall ist sie eine Art, sich auszudrücken und über den Körper zu leben, oder? Und wenn man einmal damit angefangen hat, dann kann man einfach nicht mehr aufhören. Man wird einfach besser, ist so, wie bei allem“, sinniert Vava und schaut in die Runde, um Zustimmung zu bekommen.
„Ja, genau“, bekommt Vava sie direkt von Alex, „weil wir ja mit dem Körper die Kunst machen. Und das bedeutet, dass wir über die Sache nachgedacht haben, dass wir bereit waren, sie in uns zu haben und sie durch uns gehen zu lassen.“ Alex surft auf einer Luftwelle, pustet dabei lautlos aus seinem Mund. So als würde er erfolglos das Pfeifen versuchen. „Wisst ihr, wie ich das meine?“, fließt es weiter aus Alex heraus, „also eine Art Therapie.“
„Genau“, von Jasper, „es geht doch nicht immer darum, irgendetwas Großartiges herzustellen. Ne, es geht darum, etwas zu verarbeiten und irgendwie zu leben und was zu machen, oder?“
„Eigentlich ist es dann ja Müll, oder? Quasi ein Abfallprodukt der Gedanken und Emotionen

vielleicht. Also zeig uns deinen Müll“, grinst Mo sie an und zwinkert ihr zu.

„Okay. Aber ich sag’s noch mal: Ich bin kein Künstler, Leute.“ Sie lacht nervös, mit einem trockenen Mund. Schlimm.

Dann zieht Willi den Zettel aus ihrer Jeanshose und faltet ihn langsam auseinander.
Sie fängt an zu lesen und dabei sieht sie sich von außen zu. Nein, eher hört sie sich von außen zu. Hört nur ihre Stimme und die anderen schattenhaft vor ihr stehen.

Warten. Warten. Warten.
Ich warte darauf, dass ich aufhöre zu warten.
Warten. Warten.
Ich will anfangen zu starten. Starten. Starten.
Warten.
Ich warte darauf, dass ich das mit der Zeit vergesse,
weil das ist irgendwie ein einziges Gestresse.
Womit messe ich die Zeit?
Presse meinen Kopf gegen die Scheibe.
Warte auf die Wendung. Endung.
Auf ’ne neue Sendung.
Ding Dong.
Ich warte dann vielleicht auch immer auf das Nächste, Weiter, Neue, Mehr. Was wünsche ich mir so sehr?
Dass ich das Warten lasse. Lasse. Lasse. Weil ich endlich fucking kapiere, dass ich nichts verpasse, passe, passe.

Alles ist still. Gefühlt ist für Stunden alles still. Willi steht und wartet und schaut die anderen an. Am liebsten will sie jetzt laufen, rennen. Da hat sich irgendwo Energie freigesetzt, ahhhhhhhhh!

Sie schaut Mo nicht an. Aber er sie. Sein Blick brennt auf ihrer Haut, auf ihrer nackten Haut. Und sie möchte sie bedecken, abschirmen, schützen vor der heißen Sonne. Vor dem heißen Mo? Lol. Ist das einer von den Heißen? Das wär mir doch wohl aufgefallen!

„Jawoll!“, sagt Alex und fängt an zu klatschen. Vava, Jasper und Mo stimmen ein und Willi wird rot. Ganz bestimmt.

„Danke Leute, das ist nett, ehrlich!“ Sie lässt sich in den Sessel fallen und atmet laut aus. All die Energie. „Keine Ahnung, hab noch nie so was geschrieben. Ich weiß gar nicht genau, was das überhaupt ist.“ Willi faltet den Zettel wieder zusammen und schämt sich immer noch ein bisschen. Voll komisch, sich so zu zeigen. So zerbrechlich irgendwie und so, dass es mir wichtig ist, dass die anderen mich gut finden. Ahhhh.

Willi möchte sich schütteln, sich winden und die Empfindungen, die da kommen, mit einem Schutzschild abschmettern.
Alles war in den letzten Wochen und Monaten und Jahren keine Ahnung so normal neutral. So alles wie immer und so langweilig sicher, dass Willi sich darin wohlgefühlt hat. Nein! Kein bisschen! Doch schon, auf 'ne gewisse Art und Weise! Keine plötzliche Veränderung, alles schleichend leise, normal neutral. Während sie in die Welt hinausträumen konnte. Weit die Sinne, durchs Fenster. Window.
Nur draußen das Leben und drinnen Düsternis. Draußen das Weite und Ferne und Neue und Fremde. Weil Ferne immer fern ist und sich im gleichen Schritt von dir wegbewegt, wie du dich auf sie zu. Drinnen Stille und irgendetwas Dumpfes.

„Noch nie?“, hakt Jasper nach. „Ne. Noch nie“, fühlt sich Willi ziemlich einfallslos. Denn sagen, dass sie ab und an Tagebuch schreibt, will sie nicht. Das ist ja auch nicht so wie 'n Gedicht

schreiben. Oder doch? Wahrnehmen und beobachten, hallt Frau Buchwalds Stimme in ihrem Kopf.
„Echt cool! Vielleicht hast du ja jetzt was für dich gefunden, was dir Spaß macht“, sagt Vava ganz lieb. Willi lächelt dankbar zurück.
Das habe ich vielleicht, denkt Willi.

„Leute, lasst uns mal einfach aufhören zu warten, ja? Willis Text hat das alles ziemlich auf den Punkt gebracht“, sagt Alex euphorisch in die Runde. „Kommt, feierliches Versprechen, wir warten nicht mehr, wir leben!“
„Vivimus et vivimus!“, ruft Mo und Vava hängt ein lachendes „Kscht! Sonst hört uns noch wer!“ hintenan und Jasper wirft ein: „Außer wir warten bewusst, ok? Also freiwillig. Wegen der Vorfreude und so.“
Alle, auch Willi, weil sie jetzt so richtig zur Gruppe gehört, nicken ganz kräftig mit den Köpfen.

Kapitel 15

Drinnen die Veränderung

Willi wird wach. Langsam, träge lässt sie sich Zeit, weil Samstag ist, und versucht, ihren Traum festzuhalten. Sie hat davon geträumt, dass sie mit der Gruppe auf einem hohen Gerüst steht. Sie hat geträumt, dass Mo sie an der Hand hält. Sie hat geträumt, dass sie alle einen Regenschirm in der Hand halten und dann alle gleichzeitig gesprungen sind. Alle fünf zusammen.
Wie in Gilmore Girls.
Wir sind mit Regenschirmen aus dem Himmel gesprungen und haben Vivimus et Vivimus dabei gesungen, hallt es in Willis Kopf.
Sie springt auf und krakelt die Zeile auf ihren Collegeblock.

Ihr Handy klingelt.
Nachricht aus der Vivimus et Vivimus-Gruppe:
Hört auf zu warten! Ihr Vollpfosten. Schönen Tag! ~Mo~
Schön, so'n herzliches *Vollpfosten* am frühen Morgen, aber ja! Kein Warten heute! ~Alex~

Willi lächelt und bestimmt kommt es außen an, denn sie spürt, wie sich ihre Mundwinkel nach oben ziehen. Sie legt sich wieder ins Bett.
Und haben Vivimus et Vivimus dabei gesungen ...

Sie trifft Alex bei den Oliven. Dabei hasst Willi Oliven. Aber sie wollte auch keine Oliven kaufen. Sie will Olivenöl. Beziehungsweise sie soll Olivenöl. Kaufen. Auftrag von Mama.

Da steht plötzlich Alex vor ihr. In einem schwarzen Polo T-Shirt mit einem gelb-blauen Supermarkt-Aufnäher.
„Willi, hi!“
„Hey Alex. Wusste gar nicht, dass du hier arbeitest.“

Voll erstaunt.

„Ich arbeite sogar Vollzeit hier, also so’n Rund-um-die-Uhr Regale-Auffüller-Schrägstrich-Mädchen-für-alles.“ Er lacht, während er Glas für Glas eingelegte, grüne Oliven in eine Reihe schiebt. „Brauchst du so eins?“ Er hält Willi ein Glas hin. „Ne, Olivenöl.“
„Hör mal, könnte ’ne Zigarette vertragen. Hast du Lust auf ’ne Pause im Supermarkt-Hinterhof?“
„Klar, war ich immer schon scharf drauf.“ Sie lächeln sich an und Alex sagt: „Dann komm.“

Alex zieht an seiner Zigarette und, während er den Rauch ausatmet, fängt er an zu erzählen. Sie sitzen auf umgedrehten, leeren Cola-Kästen, Alex stützt sich mit seinen Unterarmen auf seine Oberschenkel.
Wenn Alex erzählt, muss man zuhören. Nicht, weil
er so harmonisch redet wie Vava. Nicht, weil er ein großer Erzähler ist.
Vielleicht, weil er so authentisch ist. Vielleicht, weil er echt ist. Und wir lechzen nach dem

Echten. Scheiße, ja!

„Hast du schon mal was von Systemsprengern gehört?"
Willi schüttelt den Kopf.
„Klingt krass, oder? Systemsprenger. Klingt im ersten Moment nach Terroristen, oder? Nach Selbstmordattentäter, stimmt's?
Und im zweiten Moment, falls man zu diesem kommt und man wirklich über das Wort nachdenkt, klingt es toll. Systemsprenger. Systemsprenger klingt stark und rebellisch und kämpferisch und nach Anarchie. Als wäre man ein fucking Punk.
Aber eigentlich ist es das genaue Gegenteil. Eigentlich kann man auch Versager sagen. Du passt nirgendwo rein, wirst überall rausgeschmissen, gehörst nicht dazu. Gibt übrigens etliche Dokus und sogar Filme über so Kinder wie mich. Du versagst und alle versagen an dir. Deine Eltern packen dich nicht, dann Jugendheim, Pflegefamilien, betreutes Wohnen,

Anti-Aggressionstherapie, von der Schule fliegen. Du zersprengst einfach jedes System.
Also bist du einsam.
Was willst du machen, wenn du nicht im Gesellschaftssystem leben kannst?
Ist ja auch nicht so, dass dir verschiedene vorgeschlagen werden, so, dass man sich eins aussuchen kann oder so.
Ich will nicht in einem Bauwagen leben, irgendwo tief in der Eifel und mich Bommel nennen. 'Nen Hund haben, verlottert aussehen und ab und zu mit nackten Füßen in die nächste Stadt gehen und da Konserven erbetteln oder so.
Ich will einfach meine Seifen machen und hier Regale einräumen. Ab und an 'n Päuschen mit 'ner Zigarette, ab und an ein Bierchen mit 'nem Kumpel und natürlich unsere Gruppe." Unsere Gruppe, denkt Willi.
„Und vielleicht irgendwann mal 'ne Frau oder 'nen Mann kennenlernen, wo etwas mehr ist, für die Liebe, weißte?!" Er wirft die Zigarette zu Boden und bedeckt sie langsam mit seinem Schuh, drückt ihn runter und zertritt sie. Dann hebt er den platten, orangefarbenen Filter auf und wirft ihn in eine Dose, die neben ihm auf dem Boden steht.

Und er erzählt noch etwas von Drogen und dass er die brauchte, damit er ruhig wurde, und dass dann die Drogen plötzlich ihre Wirkung verändert haben und alles ganz laut gemacht haben und dass er dann mit den Drogen aufhören musste und er es jetzt seit zwei Jahren ruhig hat. „Vielleicht bin ich jetzt erwachsen", sagt Alex und zeigt zweimal alle zehn Finger. „Vielleicht ist das aber auch 'ne totale Fehleinschätzung. Ich mein, 20. Keine Ahnung, das ist doch noch verdammt jung. Aber na ja, manchmal fühle ich mich wie 80."

@willi.window 20
Wie alt fühlst du dich?

Willi versucht, nicht zu warten.
Frau Buchwald sagt, Willi du musst atmen. Der Atem bringt dich in den jetzigen Moment.
Sie hat ihr nichts von der Performance-Gruppe erzählt. Sie hat immer noch niemandem davon erzählt. Aber das muss sie auch nicht, denn sie hat nicht das Bedürfnis danach.
Sie hat nur gesagt: „Ich möchte jetzt mal aufhören zu warten, verstehen Sie?" Und dann hat Frau Buchwald gelächelt. Wohlwissend gelächelt, wie das alle Therapeuten tun. So unter dem Motto: Mein Patient oder Klient, oder wie das heißt, fängt an so zu reden wie ich.
Also atmet Willi jetzt. Und das verändert schon einiges, findet zumindest Willi. Vielleicht kommt es ihr aber auch nur so vor, weil sich gerade alles ändert.

Eigentlich hat sich nichts verändert. Abgesehen davon, dass Willi jetzt der Performance-Gruppe angehört. Und das ändert alles.
Willi atmet und guckt. Guckt sich beim Leben zu. Aufstehen, in den Bus, aus dem Bus, Schule, Freundinnen, Menschen, Sachen zu tun, Mama, Schwester und Mamas Freund. Aber den versucht Willi schon seit fünf Jahren, seitdem er da ist, wegzudenken. Ihn an den Seitenrand zu stellen. Eine namenlose Spielfigur. Einfach nur Füllmaterial. Statist. Quotenarsch.
Und auch alles andere verschwimmt immer wieder zu Matsche, schwimmt weg. Mama und Emma, ihre Schwester. Weil, ich weiß auch nicht, irgendwie ist Familie gerade nicht stimmig.

Mama klopft ab und zu an Willis Zimmertür. „Ist alles gut bei dir, Liebes?" Und dann muss Willi nur noch nicken. „Alles gut, Mama."
Und wenn ich dann so Sachen sage wie *Morgen bekomme ich übrigens den Erdkundetest wieder* oder *Frau Buchwald lässt dir schöne Grüße ausrichten*,

dann ist sie erstaunlich schnell beruhigt. Irgendwie fühlt sie sich dann darin bestätigt, dass ja wirklich alles gut bei mir ist.

Atmen, wahrnehmen, beobachten.
Wahrnehmen, beobachten. Atmen beim Beantworten der „Fragen zu Hitler – beantworte die Fragen Seite 32, Aufgabe 1–4b“
Wahrnehmen, beobachten, atmen, während sie aus dem Fenster schaut und alles verschwimmen lässt vor ihren Augen.
Wahrnehmen, beobachten, atmen, bei Mathenachhilfe. Auf die Tanne vor dem Fenster fällt helles Licht. Die Uhr an der Wand ist stehen geblieben. Nur Jetzt, denkt Willi.

„Wisst ihr, ich hab meine Mum angerufen. War echt 'n gutes Gespräch,“ sagt Alex, als sie wieder alle zusammensitzen. Er befingert den weißen Briefumschlag mit der nächsten Aufgabe. „Hab nämlich gemerkt, dass ich drauf warte, dass sie anruft. Und, na ja, wir hatten uns ja was feierlich versprochen, ne?“ Er schaut alle an und alle sind stolz auf ihn. Das findet zumindest Willi.

„Aufhören zu warten, heißt anfangen zu leben. Es ist ein Ja und ein Ja ist Akzeptanz. Und

Akzeptanz ist Friede.“ Sagt Willi. Sagt Willi einfach so in den Raum hinein, in das Jetzt hinein. Ohne nachzudenken und ohne sich die Wörter zurechtgelegt zu haben. Und sie weiß nicht, wie das einfach so aus ihr herauskommen konnte und sie weiß auch nicht, ob das ihre Worte oder Frau Buchwalds Worte sind. Und vermutlich ist das total egal. Denn Wörter gehören ja keinem allein, wa?!

„Boah window! Du haust jetzt aber deepe Weisheiten raus!“ Mo schaut sie überrascht an. „Du hast so recht“, sagt Alex und gibt ihr die Faust. Jasper nickt zustimmend und mit geschürzten Lippen und Vava sagt: „Soo cool!“ Alex widmet sich enthusiastisch dem nächsten Umschlag, reißt ihn auf und liest vor:

Hörst du auf deine innere Stimme?

„Hm“, kommt es von Mo.
„Innere Stimme“, wiederholt Alex.
Und alle scheinen augenblicklich nach innen zu hören.

Willi trifft Jasper am Fahrradständer. Sie schließen stumm ihre Schlösser auf und Willi fragt: „Sollen wir ein Stück zusammen fahren? Du musst doch weiter geradeaus, wenn ich den Berg an der Kreuzung hochmuss, oder?“
„Ja, stimmt. Ich wohne dann da um die Ecke, Herrmann-Schling-Straße, da wo die Bungalows stehen, weißte?“
Willi weiß. Da, wo die Reichen wohnen. Nicht die ganz Reichen, aber die Besserverdiener. Wobei hier alle gut verdienen.

Die Besserverdiener, das klingt immer so, als würden die anderen weniger verdienen. Also im Sinne von: Die haben es verdient und die nicht. Oder? Kann man das nicht mal generell umformulieren?

Sie radeln nebeneinander her.
„Hast du schon eine Idee zur inneren Stimme?“, fragt sie, weil sie im Small Talk so unbeholfen ist.
„Die innere Stimme? Ich höre immer nur die Stimmen meiner Eltern. Keine Ahnung, wo da meine Stimme ist. Die Tonlage meiner Mutter, wie sie auf mich einredet, also wirklich permanent, du musst dies, du musst das, ich mein, das ist doch krank.“ Er tritt in die Pedale

und schiebt sich die Kapuze vom Kopf. Willi nickt ihm zu.
„Sorry. Das macht mich echt fertig. Und mein Vater, wie er … Ich mein, warum brummt er nicht einfach, klopft mir auf die Schulter und sagt: Du machst das schon, ming Jung? Warum muss er auch so hysterisch sein wie meine Ma?"
„Hysterischer Vater? Klingt doch lustig. Hysterical Dad wird der beste Comic deines Lebens, wart's nur ab." Sie schauen sich beide an, lachen und treten in die Pedale. Wir sind jung und wild und frei und wir fahren mit dem Rad durch diese ungezähmte Welt! Nichts, was uns aufhält, nichts, was uns abhält, wir finden immer mehr, was uns gefällt! Oder so …

Kapitel 16

Drinnen die Wandlung

Die Tage vergehen. Es ist Alltag. So wie immer Alltag ist. Abgesehen von der Zeit mit der Gruppe ist immer Alltag. Willi genießt, dass der Frühling da ist. Er hat sich lange angekündigt und dann nicht gesagt, dass er bereits im Haus wohnt. Doch plötzlich spürt man seine Anwesenheit. Dass er sich eingerichtet hat. Hat seine Koffer ausgepackt. Plötzlich bemerkt man, dass das Fenster offensteht. Dass er eine Platte aufgelegt hat, mit seiner Musik. Dass pastellfarbene Blumen auf dem Tisch stehen. Plötzlich hat man sein Parfüm in der Nase. Und plötzlich, ja plötzlich steht er vor einem.
Willi hatte doch den blühenden Kirschbaum bereits inhaliert. Aber erst in einer blühenden Magnolie hat sie ihn dann endgültig erkannt. Mr. Spring.

@willi.window 21
Wie zeigt sich Mr. Spring bei dir?

Willi schaut sich um. Die Schule und Paula und Rayan und Feenja und Pia und Leana. Mama und Emma und Mathenachhilfe und Klavierunterricht und Jugendtherapie.
Sie denkt über Vava nach und denkt an die Drogensache von Alex.
Von innen nach außen oder von außen nach innen? Oder alles durch und durch?

Das, was ich denke, ist das meine innere Stimme?

Oder sind das nur Gedanken?

Sind Gedanken meine innere Stimme?

Oder gibt es eine innere Stimme, die noch anders zu mir spricht? Wer spricht denn hier überhaupt?

Willi denkt an Jasper.
An Jasper und an seine Mutter und an seinen Vater. Was führt Jasper für ein Leben, da in einem dieser Bungalows?

„Was führst du so für ein Leben?“, fragt Willi Jasper, als sie wieder zusammen mit dem Rad

fahren. Weil sie stumm beschlossen haben, dass sie das jetzt immer machen, wenn sie gleichzeitig frei haben. Und weil Frühling ist. Jasper sagt: „Was man halt so für ein Leben führt mit einer hysterischen Mutter und einem hysterischen Vater und einem toten großen Bruder."
Und da will Willi eine Vollbremsung machen und kopfüber in den Graben fallen. Will in einem dornigen Gestrüpp landen und dort liegen, bis Jasper mit seinem Rad nicht mehr zu sehen ist. Vielleicht auch für immer dort liegen. Aber sie fährt einfach weiter, tritt wie ein Roboter in die Pedale, so, wie fünf Sekunden davor und starrt nach vorne. Und dann bremst Willi doch, aber langsam. Sie bleibt stehen und steigt ab und Jasper schaut zu ihr nach hinten und bleibt auch stehen. Und dann schieben sie ihre Räder zur nächsten Bushaltestelle und setzen sich nebeneinander.
„Autounfall mit 18. So ganz bescheuert typisch. Er war der Fahrer. War mit zwei Freunden unterwegs. Einer lebt noch. Ist aber weggezogen, zum Studieren. Ist jetzt drei Jahre her. Ich war elf. Weißt du, woran ich immer denken muss?" Willi sitzt ganz still und stumm neben ihm, Willis linke Schulter an Jaspers rechter Schulter. Ganz still und stumm, obwohl sie sich die ganze Zeit vor Gänsehaut schütteln will.

Dieses Kribbeln über Rücken und Arme, woahhh!

Willi will die ganze Geschichte wegschütteln. Aber das darf sie nicht. Wenn Jasper sie aufschüttelt, darf sie sie nicht wegschütteln. Unter keinen Umständen.

„Woran?“, fragt Willi mit belegter Stimme.

„Dass ich einfach so froh war, dass seine Freunde mit im Auto saßen.“ Er macht eine Pause. „Das ist das Allerschlimmste.“, sagt er laut.

„Wie meinst du das?“

Jasper springt auf. „Dass ich froh war, dass die zwei auch mit im Auto saßen. Hallo?! Dass noch einer gestorben ist, mit 18 Jahren! Noch eine Familie, die für den Rest ihres Lebens unglücklich ist. Und der andere psychisch gestört oder so. Und mich freut das.“ Er setzt sich wieder und erklärt:

„Ich war einfach nur so froh, dass er nicht allein war, weißt du. Das hat mich beruhigt. Ich glaube, das beruhigt mich jetzt immer noch.“

Willi legt ihre Hand auf seine, da auf seinem Knie. Das ist ihr unangenehm und es fühlt sich ungeschickt an, aber es fühlt sich auch richtig an. Notwendig. Seine Hand fühlt sich kalt an. Vom Fahrtwind und von den Gefühlen. „Also, ich finde das richtig von dir gedacht. Weil das wirklich irgendwie doch tröstet. Und guck mal, ne? Egal, ob du darüber froh warst, oder bist, oder halt nicht, ne, das ändert doch überhaupt nichts. Sie saßen zu dritt im Auto, als das passiert ist. Das war einfach so.“ Willi hat Angst, dass sie etwas Falsches gesagt hat. Ganz bestimmt sogar hat sie irgendetwas zu Einfaches gesagt. Irgendetwas Plumpes. Das *hier fühlt sich so an, wie 'ne zerbrechliche, alte Vase in den Händen. Verdammt! Das ist kein Vergleich!*

Jasper schaut Willi lächelnd an. „Danke, echt. Hab schon lang nicht mehr drüber gesprochen. Und jedes Mal, wenn ich drüber rede, dann merke ich, wie Druck entweicht. Weißt du? So als würde man 'ne Flasche mit Kohlensäure aufdrehen. Und wenn man sie nicht regelmäßig aufdreht, na ja, dann platzt sie irgendwann."
„Verstehe ich."
„Na ja, auf jeden Fall führe ich so ein Leben. Ist nicht toll als Einzelkind, besonders, wenn man eigentlich keins ist. Es ist so leise zu Hause und die Erwachsenen sind in der Überzahl. Außerdem gucken die dann nur auf dich. Ich mein, Patrick wär jetzt eh schon längst ausgezogen, aber trotzdem. Hast du Geschwister?"
„Hab 'ne kleine Schwester, Halbschwester. Emma ist 10."
„Das ist gut", antwortet Jasper, „wenigstens jemanden zum Zanken."
Willi verdreht lachend die Augen: „Zehnjährige Mädchen sind grauselige Monster."

Willi liegt im Bett und starrt an die Decke. Starrt auf die zwei Leuchtsterne. Die letzten fluoreszierenden Überreste ihrer Kindheit, nur nachts zu sehen. Einem von ihnen fehlt ein Zacken. Aber Willi kann sich nicht überwinden, sie abzupiddeln.
Sie denkt an Jasper. Und an seinen Bruder. Sie versucht einzuschlafen. Sie horcht nach ihrer inneren Stimme. Was sagt Jaspers innere Stimme dazu, dass er sich so schämt für seine Gefühle? Oder ist seine innere Stimme das Gefühl? Ist sie das, was er gedacht hat, oder das, was er gefühlt hat? Oder was ganz anderes?
Hör auf deine innere Stimme, schallt es in Willis Kopf. Sagt das gerade meine innere Stimme? Hallo?

Willi träumt von ihrer inneren Stimme. Sie sieht aus wie der goldene Schnatz von Harry Potter. Dieser fliegende, kleine Quidditchball ist durch ihren Körper geflitzt und aus ihrem Mund heraus und dann sofort wieder hinein und überall hat er ganz wild mit seinen Flügeln geflattert.
Willi wird wach und ist gerädert. Von dem ganzen flatternden Flitzen. Von dem Nicht-Erwischen. Sie liegt auf dem Rücken und gleitet

mit ihren Händen über ihren Körper. Wie so'n Metalldetektor

Sie macht die Augen zu und versucht, etwas wahrzunehmen. Wo sitzt du? Du innere Stimme.

Leana fragt: „Hör mal, woher kennst du den?“ Und zeigt dabei auf Jasper.
Willi zuckt mit den Schultern. „Der wohnt fast direkt neben mir.“
Leana guckt vielsagend: „Und deshalb fährst du mit dem jetzt immer zusammen? Du weißt schon, dass der ’n 7-Klässler ist, ne?!“
„Seinen Fahrradführerschein hat er dann also schon seit 3 Jahren“, antwortet Willi und stupst Leana an. Auflockerungsstrategie, Joke und Tschau, das war's mit dem Thema.

Leana zieht die Stirn kraus und sagt: „Ach, Willchen. Ich an deiner Stelle würde aufpassen. Nicht, dass noch in Umlauf kommt, dass window mit ’nem Siebtklässler fickt.“
Willis Blick schnellt hoch. Sie schaut Leana an, als würde sie in die grelle Sonne blinzeln. Bei diesem „fickt“ hat's mir irgendwie im Bauch wehgetan.

„Aha. Klar", sagt Willi. Sie sagt nicht: Du hast doch keine Ahnung, du dumme Kuh. Du weißt doch gar nicht, wie nett der ist und was der schon erlebt hat. Du, mit deiner heilen, oberflächlichen Traumwelt! Nein. Das fällt ihr nämlich erst ein paar Stunden später ein. Als sie weit weg ist von Leana. Und als das dumpfe Gefühl im Bauch wieder weg ist.
Sie fährt mit ihren Metalldetektor-Händen über ihren Bauch. Hm.

Willi zieht sich zurück. Innerlich. Etwas zieht in ihrem Bauch. Alles zieht sich in ihren Bauch. Sie ist sauer auf Leana und auf sich selbst. Und sie fühlt sich, als würde sie nicht am richtigen Platz stehen. Sie hat Jasper nicht verteidigt und auch sich selbst nicht. Weil sie etwas verheimlicht und weil sie so vor den Kopf gestoßen war. Leana hat sie mit ihren „fickt" aus ihren Schuhen geschleudert. lol, wie in so 'nem Comic.

Keine Ahnung, warum ich *ficken* jetzt plötzlich so vulgär finde. Fick dich, fick mich, fuck, ich fick deine Mutter, ficken, ficken, ficken, ich mein, wie kämen wir ohne dieses Wort zurecht?!

@willi.window 22
Wie oft benutzt du das Wort?

Vielleicht, weil es so sehr Ausdruck von Leanas passiv-aggressivem Missmut ist. Von so 'nem biestigen: Selbst schuld, du sagst mir ja nicht, was los ist.

Willi zieht sich zurück. Es zieht und sie bekommt ihre Periode. Wärmflasche, Binde, die sich so anfühlt, als wäre man wieder ein Baby und warten, dass der Pegel sinkt. Denn Willi findet, der Zyklus ist ein Zeitlupen-Hau-den-Lukas-Spiel. Es steigt, steigt weiter, brodelt, kocht, Ding, Ping, Urknall, Streit und Hysterie und Drama und Heulkrämpfe und dann ist die Luft raus und der Pegel sinkt, flaut ab. Easy peasy, war ja doch alles nicht so schlimm, cool down.

In manchen Völkern werden die Frauen, wenn sie ihre Tage haben, in den Wald geschickt. Das hat Willi in einer Dokumentation gesehen.

Richtig so, denkt sie. Ich möchte auch in den Wald gehen und alleine jammern. Hört auf, mir beim Jammern zuzusehen. Hört auf, mich anzuschauen, als wäre ich ein fucking Werwolf oder so. Jakob aus Twilight.

Sachen haben sich gewandelt. Verwandelt. Verwandlung. Oder Mutation.

Auf der einen Seite fühlt sich Willi wie immer. Auf der anderen Seite fühlt sie sich ganz anders. Es gibt so viele Gefühle und gerade verändert sich das Leben so und wo verändert es sich hin?

„Finden Sie, dass ich mich gerade verändere? So in den letzten Wochen?“, fragt Willi. Frau Buchwald antwortet: „Ich finde, ja. Weißt du, du bist eine Jugendliche.

Äh... ja, danke, dass Sie mir das noch mal sagen

Die Jugend ist die Zeit der Wandlung. Es ist absolut notwendig, dass du dich veränderst, ständig. Du wirst nicht fertig, weißt du. Die Veränderung an sich beendet sich nicht. Auch wenn du erwachsen bist nicht...im besten Fall.“
„Und woran merken Sie, dass ich mich verändere?“
„Also, ich finde, du siehst nicht mehr so düster aus“, sie lacht auf, „so, als hättest du Gewicht verloren. Als hättest du deinen Rucksack, den du mit dir rumschleppst, ausgemistet, neu sortiert. Oder vielleicht auch so, als hättest du einfach eine neue Bluse an.“
„Eine neue Bluse?“ Willi wendet ihren Kopf vom Fenster ab und starrt Frau Buchwalds Bluse an. Frau Buchwald lacht erneut: „Vielleicht war Bluse ein schlechter Vergleich. Aber ein neues T-Shirt zum Beispiel. Denk doch mal daran, wie man sich fühlt, wenn man etwas Neues trägt. Man trägt es sehr bewusst und fühlt sich ganz neu, frisch.“
„Das stimmt. Ja. Vielleicht habe ich einfach ein neues T-Shirt an.“

Das gefällt Willi. Weil, ein neues T-Shirt ist gut. Ein gutes Gefühl und absolut nicht dramatisch. Willi denkt: Man kann einfach mal ein neues T-

Shirt anziehen, seinen Stil ändern. Das machen doch alle.

Wer bin ich?, fragt Willi und starrt in ihr Spiegelbild. *Wer möchten Sie heute sein, Madame?,* flötet sie in einem aufgesetzten Tonfall, schüttelt dann grinsend den Kopf und denkt: Das hätte Mo jetzt gefallen.
Sie zieht ein paar Sachen aus ihrem Kleiderschrank und schlüpft hinein, wieder raus und fährt immer wieder mit ihren Metalldetektor-Händen über ihren Körper. Irgendwas in ihr bleibt immer gleich. Aber nichts, was sie benennen kann.

Ich bin ich,
sagst du.
Du bist ich?
Oder bist du du?
Diese Frage lässt mir keine Ruh.
Wer spricht denn hier?
Wer von unserem Wir bin ich und wer bist du?
Klopf, klopf, wer spricht in meinem Kopf?
Wer redet permanent und immer
auf mich ein? Macht's schlimmer?
Ist gemein. Wer redet hier so lieb? Säuselt mir ins Ohr?
Welcher Dieb klaut mir meine Stimme?
Auf wen kann ich mich hier verlassen?
Auf wen soll ich denn hören?
Komm, mach alle anderen Stimmen aus, die stören.
Ich atme ein und fege alles raus.

So viele Stimmen wohnen in meinem Haus.
Doch eine Stimme überlebt die anderen alle,
dass schnalle ich so langsam.
Ich höre sie beim Hin- und Herschalten
rauschen, wehen,
sie ist die Stillste von ihnen,
die, die werde ich ab jetzt lauter und lauter
drehen.

Willi atmet laut aus.
„Leute, daran habe ich Taaage gearbeitet!"
„Du bist 'ne richtige Rapperin, jawoll!", ruft Alex und gibt ein paar Rapper-Gesten zum Besten.

Oh Yeah! Alright!

Alle klatschen wieder. Es geht nichts über Support, hat Alex letztens gesagt. Ohne Support geht nichts. Die letzten Jahre ging nichts.

Vava öffnet ihre große blaue Umhängetasche mit den langen Henkeln. Eine neue Skulptur. Eine junge Frau im Yogasitz, zirka 30 Zentimeter groß, schätzt Willi. So ein großes Lineal hoch.

Anmutig sieht das aus. Mit geschlossenen Augen und eine Hand auf dem Herzen und eine auf dem Bauch.
„Also ich habe mich dargestellt. Tataa", sie lacht. „Die Figur soll mich daran erinnern, was ich

machen muss, um auf meine innere Stimme zu hören. Nämlich ruhig sein, mit geschlossenen Augen höre ich in mich, achte auf meinen Atem und versuche, alles wegzulassen, was von außen kommt. Ich versuche, in mich zu hören, auf mein Herz, auf meinen Bauch, ob da eine Wahrheit ist. Irgendein Instinkt, der mich auf etwas weist. Versteht ihr, wie ich das meine?" Vava schaut in die Runde. „Klar", kommt es sofort von Willi. Die Jungs nicken.
„Sehr anmutig und so ruhig", schiebt Willi hinterher. „Unsere Yoga-Maus. Ich finde ja, du solltest mit uns mal eine Stunde hier machen", findet Alex. Vava lacht erneut. Ein warmes, leicht raues Lachen. Ein Hauch von etwas Rauem. Klingt das total belebend, in ihre Lieblichkeit hinein.
„Ich bin ja selbst Schülerin und ich kann es nicht verantworten, dass ihr euch dann hier die Körperteile verrenkt." „Was passieren würde", bestätigt Mo sofort.

„Okay, darf ich die Bühne betreten? Nach einem Applaus für Vavas Kunstwerk?! Also bitte!" Mo fängt an zu applaudieren und schaut die anderen aufmunternd an. Alle stimmen mit ein und setzen sich, schauen auf Mo.
„Ich würde, wie ihr wisst, halt wirklich gern Schauspieler werden, Leute." Er macht eine Pause und setzt wieder an: „Ich sag das nicht gerne, weil das kein Schwein ernst nimmt, weil das klingt, als würde ich berühmt werden

wollen. Duuu sagst was nicht gerne? Mo aka Hier bin ich?! Ich will Theater spielen. Das interessiert mich, seit ich denken kann. Mein Opa hat mich immer mitgenommen zu so ’nem Kleinkunsthaus, weil der da der Techniker war. Und ich fand es einfach, keine Ahnung, magisch oder so.“

„Und Digger, solltest du berühmt werden, würdest du das auch verkraften“, kommentiert Jasper Mos Redefluss. „Komm, Mo, einer von uns muss berühmt werden. Mindestens“, wirft Alex ein.

„Zumindest möchte ich beklatscht werden!“ Er lacht und verbeugt sich großspurig. Er schläft mit dem Klang in seinem Körper ein.

„Also, ne ernsthaft jetzt, worauf ich hinauswill, ist, dass ich super gerne schauspielere und was herzeige und mich verstelle. Und manchmal frage ich mich, ob ich damit mich nur verstecken will oder mich optimieren will oder so, wisst ihr?

Mo, DU bist deep! Viel deeper als deep.

Willi schaut ihn sich an.

Er wird plötzlich etwas verlegen: „Ja, also, das waren so meine Gedanken der letzten Woche. Und dann ist mir eingefallen, dass ich es als Kind geliebt habe, in die Berge hineinzurufen.

Wegen dem Echo. Ich glaube, nur deshalb konnten mich meine Eltern überhaupt zum Wandern bringen. Diese unendlichen Wanderurlaube“, sinniert Mo. Jasper stöhnt und erinnert sich an die, die er jetzt noch mit seinen Eltern durchstehen muss. „Dass da was zu mir zurückkam, was ich rausgerufen hatte. Das fiel mir vor ein paar Tagen ein, als ich an die innere Stimme dachte. Und deshalb dachte ich mir“, sagt Mo feierlich und kramt dabei sein Handy aus der Hosentasche, „lade ich mir eine Echo-App runter.“ „Was, sowas gibt’s?“ „Zeig her!“ „Wie funktioniert das?“
Lachen von Mo: „Jap. Das hätte ich euch echt gern gezeigt. Hab’s aber nicht hingekriegt.“ „Na toll.“ Alex ist enttäuscht. „Hab mir ’n paar Apps runtergeladen, aber irgendwie, keine Ahnung, vielleicht war ich zu blöd oder so. Hab’s nicht hingekriegt.“ Mo hebt die Arme entschuldigend, grinst und sagt: „So, der Nächste bitte.“

Jasper hat tatsächlich den ersten Comic über sein Leben skizziert und ihn *Hysterical parents* genannt. Er stupst Willi von der Seite an, „Danke für die Idee.“
Er hat sich selbst gezeichnet und alle finden, er hat sich super gut getroffen.
Comic-Jasper sitzt zwischen seinen Eltern und die beiden fuchteln wild mit ihren Armen in der Luft und reden wirres, schnelles Zeug auf ihn ein. Das wirre, schnelle Zeug zieht in Jaspers

Gedankenblase. Sie wird immer größer und sie folgt ihm auf Schritt und Tritt.
Er versucht sie loszuwerden. Bild für Bild. Er boxt sie, pikst mit einer Nadel hinein, er versucht sie auszusperren, indem er schnell in ein Zimmer läuft und die Tür zuknallt, er wirft eine Handgranate hinein, er versucht sie zu erschrecken, er versucht sie auszuräuchern, er versucht sie auszuradieren, doch die Gedankenblase mit den Worten seiner Eltern ist wie ein Schatten, wie eine Regenwolke über Jaspers Kopf.
Wow. Eindringlich.

@willi.window 13
Jaspers eindringlicher Comic

„Also Leute, irgendwie ist kein Platz für meine innere Stimme, weil ich das Gefühl habe, die Worte meiner Eltern übertönen sie. Ich kann meine innere Stimme echt nicht hören…. Irgendwie fühle ich mich ferngesteuert."

„Kenn ich", sagt Alex. „Wisst ihr, wie viele Stimmen ich immer gehört habe?! Von meiner Mutter, meinem Vater, Sozialarbeiter, Lehrer, Jugendamtsmitarbeiter, Therapeuten, Ärzte, Polizisten und, ach, keine Ahnung, immer nur Stimmen, die auf mich eingeredet haben. Komm, gib mir auch mal 'n Keks", streckt er sich zu Mo aus.

„Wie auch immer. Das hat mich hart beeinflusst. Und mir geht's halt am besten, wenn ich die alle nicht höre. Also nicht, dass die alle Scheiße gelabert haben, ne, ne. Aber wisst ihr was ich meine? Dieses ganze Blabla. Ich brauchte echt 'ne Pause davon. Und das ist halt auch'n Grund, warum ich Drogen genommen hab. Ich wollte Ruhe. Weiß auch nicht, vielleicht hat mir das geholfen, meine innere Stimme zu finden. Weil, als ich die Drogen nicht mehr dafür hatte, bin ich in den Wald gegangen. Leute, ich liebe das! Das ist so natürlich alles. Und dann fühle ich mich auch normal.
Wie auch immer, ne. Ich höre auf meine innere Stimme. Also, ich versuche es echt. Ich weiß zumindest, dass ich raus muss, in den Wald und so, damit ich sie höre. Und deswegen, ne, hab ich 'ne CD mitgebracht, mit Naturgeräuschen."
„Alex, du bist so der Typ, ey!", lacht Mo laut, als Alex auch noch einen kleinen CD-Player aus seinem roten Rucksack kramt.

Sie sitzen alle zusammen und lauschen den Naturgeräuschen. Es zwitschert und es raschelt und es plätschert und es hört sich so an, als ob ein trockenes Blatt über die Erde stolpert, angetrieben vom Wind. Oder ist es ein kleines Eichhörnchen, das vom Baum aus in einen Blätterhaufen springt?
Willi möchte die Augen schließen und einschlafen.

Das Fenster fehlt ihr gar nicht. Ganz im Gegenteil. Hier wird nach innen geschaut. Nicht nach draußen. Außen. Raus.
Drinnen das Leben.

„Hat mir echt gefallen, dein Text“, sagt Mo, ohne sie anzugucken. „Ist immer noch in meinem Kopf, deine Stimme.“ Er lacht etwas.
Sie gehen nebeneinander her.
„Danke.“ Willi schaut weiter geradeaus, geht weiter, verändert aber ihre Körperhaltung, verändert ihren Schritt. Passt sich seinem an, zumindest stellt sie sich auf ein Nebeneinandergehen ein.
„Sollen wir uns was in die Sonne setzen?“, fragt Mo und Willi ist überrascht, wendet sich ihm zu. „Wir könnten uns da was auf die Tischtennisplatte setzen. Was sagt deine innere Stimme?“, fragt er zwinkernd weiter, als Willi zögert.
Sie grinst: „Hast du noch was von deinen Keksen?“
Mo lacht laut auf.

Willi sitzt im Schneidersitz auf der leicht warmen Tischtennisplatte. Die Abendsonne des Frühlings strahlt sie an. Sie, ihn und die Tischtennisplatte. Spot on us!

@willi.window 24
Mit wem möchtest du auf einer Tischtennisplatte in der Abendsonne sitzen?

„Wie heißt dein Bruder?“, fragt Willi schnell, bevor Mo anfängt, nach ihrem Leben zu fragen. Er schaut überrascht auf: „Der ist viel zu jung für dich, window. Wenn ich dir verrate, was für einen Schlafanzug Jonas trägt, verlierst du bestimmt das Interesse.“
Jetzt lacht Willi laut auf.
„Du bist so bescheuert!“
„Stimmt. Aber du lachst.“
„Ja, klar lache ich.“
„Ja, endlich mal!“
„Wie, endlich?“
„Ja, endlich lachst du mal. Du lachst doch viel zu selten, traurige window.“
„Was? Ich lach selten? Quatsch.“
„Du. Lachst. Selten.“
„Kriegst du nur nicht mit.“
„Ok, dann lachst du vielleicht, wenn du zu Hause bist oder bei was du sonst noch so machst. Aber in der Schule lachst du nicht.“
„Klar lache ich auch in der Schule.“
„Ne. Das hätte ich gesehen.“ Das hätte er gesehen.

Willi schaut Mo an. Mo schaut Willi an.

Eine Sekunde. Eine Stunde. Eine stundenlange Sekunde.

Dann rutscht Willi von der Tischtennisplatte und sagt: „Gleich ist die Sonne weg.“ Pause. „Wir sehen uns morgen, ja?“

„Die Sonne ging und sie auch. Als sie wegging, wurde es kalt und dunkel um mich herum,“ shakespearte Mo. „Sooo kalt und sooo dunkel.“ Er hat sich auf die Tischtennisplatte gestellt und schauspielert sein Schauspiel. Willi schaut nach oben und grinst. Ganz breit.

Die höchste Steigerung von Grinsen. Superlatives

Grinsen.

Dann klatscht sie. Weil Mo gesagt hat, dass er gerne beklatscht werden möchte.
„Oh, vielen Dank Madame, welch eine Freude, Sie klatschen zu hören.“ Er zückt seinen unsichtbaren Hut und springt von der Tischtennisplatte.

Wir sind mit Regenschirmen aus dem Himmel gesprungen und haben Vivimus et Vivimus dabei gesungen.

Kapitel 17

Drinnen die Freude

Wo ist Freude?

Liest Willi vor.
Mos Grinsen erscheint vor ihrem Auge. Sie sieht ihn nicht an.

Warum kommen immer meine Themen dran?? Das ist doch gruselig. Wer stalkt mich denn hier? Oder geht's den anderen auch so?

„Leute, ich hab mir was überlegt“, beginnt Alex bestimmend, klatscht einmal in die Hände und steht auf. „Wir machen einen Ausflug.“ Er dreht sich im Kreis, um alle anschauen zu können.
„Wann?“, kommt es sofort von Jasper.

„In den Osterferien. Seid ihr da alle da?“ Alle nicken und Jasper sagt: „In der ersten Woche, ja.“
„Na wunderbar, perfekt. Also gut, Leute, lasst mich erst mal zu Ende reden ja. Unser letztes Thema ist allen ziemlich schwergefallen. Zumindest haben wir alle irgendwie festgestellt, dass es nicht ganz so einfach ist, auf die innere Stimme zu hören. Und deshalb habe ich was beschlossen. Wir machen ’ne Wanderung.“ „Nicht dein Ernst“, kommentiert Mo und Vava macht: „Kscht!“ Er hebt entschuldigend die Arme. „Mo, dir wird das gefallen. Ich kenne da nämlich eine mega Stelle, eine riesige Schlucht. Da kriegst du echt geile Echos hin!“
„What? Echt jetzt? Ja, Hammer!“ Mo will auf der Stelle los.
„Ach krass, und wo ist die?“ Vava.
„Ich weiß nicht genau, wie das da heißt. Aber wir wandern hier los und brauchen so zwei, drei Stunden oder so und dann stellen wir da unser Zelt auf und am nächsten Tag zurück. Was sagt ihr?“
„Bin dabei!“ Jasper.
„Ok, das muss ich mit meinen Eltern klären. Und Schlafsack, Zelt und so?“ Vava.
„Das wäre jetzt auch meine Frage gewesen“, wirft Willi hinterher.
„Kriegen wir alles hin. Das leihen wir uns zusammen. Ich erstell ’ne Liste, was wir alles brauchen. Können wir über WhatsApp

klären.“ Alex hat alles schon geplant. Für ihn ist die Sache klar.
Und damit ist es beschlossene Sache.
Alle werden unruhig. Alex, Jasper, Vava, Mo, Willi. So, als würden sie jeden Moment schon zu der Wanderung aufbrechen.
Vava sagt: „Es wird mir eine Freude sein, in einem Zelt zu übernachten.“ Sie betont das Wort Freude und lächelt schmal. „Au ja, das kann ich dir aus Erfahrung sagen, dass besonders das eine sehr große Freude ist“, bestätigt Willi. Sie kichern gemeinsam. Und dabei schaut sich Willi von außen zu.
Willi denkt über die Freude nach.
Willi denkt an den Ausflug. Vorfreude.
Und sonst? Wo ist sonst die Freude?

In mir? In den Dingen?

Willi geht ihr Leben durch: Mal wieder, ey!

Schule, Klavierunterricht, Jugendtherapie, Mathenachhilfe, zu Hause, die Mädels.
Alles ist gut. Alles ist ok. Alles ist einfach so.
Sie vermisst ihren Vater. Weil sie bei ihm immer kichern konnte. Bei ihm hat das Kichern gewohnt. Er hat es mitgenommen.
Vielleicht ist es deshalb nicht so einfach mit Leana und Rayan und Feenja und Paula und Pia, weil Willi sich nicht wie so ein Mädchen fühlt. So eins, was etwas zu kichern hat.
Vielleicht fühlt sie sich einfach zu sehr weg, draußen, window.

Warum hat es dann mit Vava funktioniert?

Vielleicht, weil sie so 'ne Art große Schwester ist oder so?

Willi pustet eine Staubflocke weg und streckt ihren Arm nach einer Kiste aus.

Echt jeder hat so 'ne Erinnerungskiste oder??

@willi.window 25
Du auch?

Die Papa-Kiste hat sie gefühlt seit Jahren nicht mehr angerührt.
Nach ganz hinten hat sie sie geschoben, jeden Tag ein bisschen mehr, ein bisschen weiter weg. Und doch schläft sie jeden Tag über ihr. Unter ihr die Kiste. Sie über der Kiste.
Willi setzt sich im Schneidersitz vor ihr Bett und öffnet die Papa-Kiste.
Ihr springt Flausi entgegen. Flausi, das Schaf ihrer Kindheit, hopst auf ihren Schoß und damit alles.
Alles fließt hinterher. Ihr buntes Rüschenkleid, das Lieblingskleid; sie trägt es auf jedem Foto, denkt Willi, und die bunten Plastikhaarspangen, die man sich als kleines Mädchen so ungelenk ins Haar klemmt. Das regenbogenfarbene Springseil und der Geruch der Wohnung, in der sie damals gewohnt haben. Papa und wie Papas Bart gekratzt hat. Wie Papa sie auf seine

Schultern gehoben hat und sein fester Griff um ihre Knöchel. Wie er gehopst ist und Willi gar keine Angst hatte, da oben, so weit weg vom Boden und so nah am Himmel.
Willi kramt durch die alten Fotos, ein bisschen vergilbt, ein bisschen verknickt und so sehr Fotos einem Fotoapparat entstammend. Ein paar gemalte Bilder aus dem Kindergarten. Mama, Papa, Willi, mit dünnen Hälsen und großen Bärenpranken-Händen, eckige Herzen und eine große Sonne, stämmige Bäume und schnabelige Vögel.
Da war Emma noch nicht auf der Welt.
Das war eine andere Welt. Wie konnte daraus so ein Leben werden, wie es jetzt ist?
Was ja nicht schlimm ist, aber na ja, anders als eckige Herzen und eine große Sonne.
Willi greift nach einem Foto. Papa und Willi. Willi klammert an Papas Rücken, wie ein Koala-Baby. Willi lacht und Papa lacht. So laut, dass sie es hören kann. Mama hat das Foto gemacht, bestimmt, und was war da gerade? Warum haben sie alle so gelacht in dem Moment? Vielleicht einfach nur aus purer Freude. Vielleicht einfach nur, weil so viel Lachen da war, schon gewartet hat in der Brust.
Und Papa hat es einfach mitgenommen, das Lachen. Was hat er damit gemacht die ganzen Jahre? Mit wem hat er gelacht?
Oder ist das Lachen versiegt, als er ging?
Zumindest hat er die Freude mitgenommen. Das weiß Willi jetzt. Das wusste sie die ganze Zeit

und das lass ich jetzt mal da sein. Verdammt! Weil ich jetzt mutig bin! Weil ich zur Performance-Gruppe gehöre. Und wir sind mutig und forschend und wir beantworten die wichtigen Fragen des Lebens!

Willi denkt, mit 15 Jahren kann man sich ruhig mal damit auseinandersetzen. Mit der Familie und so.

Und die Flasche mit Kohlensäuredruck regelmäßig unter Vorsicht öffnen.
Frau Buchwald wird stolz sein.

Sie hängt das Bild von ihr und Papa neben die zwei Sterne und fragt ihre Mutter, ob sie heute eine Tomatensuppe kocht.
Ihre Mutter schaut überrascht von ihrem Laptop auf und stimmt dann zu.

Ich muss aufhören, so zu leben, als wäre Papa tot. Papa lebt. Irgendwo, ohne mich. Das versteh ich nicht. Das ist scheiße. Das tut weh. Aber es ist auch irgendwie sein Pech. Und die Freude, die hat er nicht gepachtet. So! Willi is in da house!

Freude ist, wenn ich mit Wörtern jongliere,
schnell mir einen Reim notiere,
das macht mir Spaß.
Freude ist, wenn ich mit dem Rad neben Jasper fahre,
und meine Haare wehen dann im Wind.
Freude ist, auf Papas Schulter zu sitzen und all seinen Witzen zuzuhören.
Freude ist, im Bett zu liegen und ’ne Doku zu schauen und aus dem Fenster.
Mich wegzuträumen in Gedanken, dabei Kraft zu tanken, all die Alltagsgespenster mal nicht zu sehen.
Freude ist die Performance-Gruppe und frische Tomatensuppe mit Sahne.
Freude ist, Fangen mit meiner Schwester zu spielen, das ist wie Springen von Liane zu Liane, ein Glucksen im Herzen, und Zittern in den Knien, das ist Freude, manchmal ist sie so stark wie Schmerzen.

Ich will mehr davon, denkt Willi.

Ich will mehr, mehr, mehr. Das reicht mir nicht!

.... Das hätte er gesehen.

Willi denkt, sie sollte all die Freude nachholen, die sie bis jetzt verpasst hat.

Kapitel 18

Drinnen die Verbindung

Sie stehen zu fünft auf dem Schulhof.
Mit ihren Rucksäcken und Isomattenrollen und Mo mit einer roten Baseball-Cap, die er falsch herum auf dem Kopf trägt und einer kurzen Jeanshose, die bis zu den Knien geht und an den Enden ausgefranst ist.
Er sieht so aus wie immer und ganz anders.
Alex faltet eine Karte auf, legt sie auf den Boden und hockt sich über sie.
„Nicht dein Ernst, Alex.“ Mo lacht und stupst Vava an: „Hier, dein erstes Motiv für deine Polaroid-Kamera.

@willi.window 26
Say Cheese!

„Was?“ Alex schaut hoch und Vava macht Klick.
„Du bist 20 und nicht 70.“
„Komm, sogar 70-jährige benutzen ihren GPS-Tracker“, sagt Jasper.
Willi findet die Karte ganz romantisch.

„Hört mal, Leute, Kartenlesen ist was für Kluge und außerdem hat sie immer Empfang und braucht keine Akkuleistung, ne“, Alex tippt sich an die Stirn. „Los, Freunde, mir nach. Babo geht vor.“ Und damit walkt Alex los. „Ich freu mich so, oder? Hammer Wetter Leute, ihr habt Ferien und ich auch, bezahlte Ferien.“ Er lacht, hopst unbeschwert und er freut sich wirklich.
Alex ist voller Freude.
Und alle anderen auch. Weil Alex sich so freut und weil das Wetter so Hammer ist und weil Ferien sind und weil sie alle zusammen sind und weil das ein cooler Ausflug wird.

So wandern die fünf in und dann durch die Wälder des Bergischen Landes. Mit ihren Rucksäcken und Isomattenrollen und Jasper mit seinen Chucks, in denen er sich nach einer Dreiviertelstunde die Füße platt gelaufen hat und Vava mit ihrer Pollenallergie, andauernd trompetend in Taschentücher und Mo mit seiner knallroten Cap, aus der seine zu langen Haare herausquellen, quasselnd und Willi denkt ab und zu, dass sie atmen muss. Alles atmen. Alles einatmen. Alles ausatmen. Alles ist Atem.

„Ich glaub, ich bin ’ne Ente“, kommt es plötzlich von Jasper. Er geht gedankenversunken, schlappt ein bisschen mit seinen Chucks.
„Was? Weil du so schlappst? So watschelst?“, fragt Willi und lacht.

Mo macht den Entengang nach. Natürlich.

„Ja, ’ne Ente. Hab letztens bei Instagram gelesen, dass Enten kein Echo erzeugen.“
„Wie kommst du darauf?“, fragt Willi jetzt im Ernst.
„Weiß nicht, so fühl ich mich halt. Dass ich keine Antwort kriege, nichts zurückkommt, weißt du?!“
„Auf was für Fragen denn?“, fragt Alex und Jasper antwortet: „Ja, so auf alle Fragen, die ich so hab, so allgemein.“
„Ja, und so konkret?“
„Ich mein“, fährt Alex fort, „wenn ich was gelernt habe in den letzten Jahren, dann, dass man konkrete Sachen fragen muss.“
Vava schaltet sich ein: „Ich denke, ich weiß, was Jasper meint. Also, dass so nichts mit ihm gleichschwingt.“
„Gleichschwingt?“, fragt Jasper.
„Resonanz heißt das“, schießt es aus Willi.
„Oha, window, woher kennst du so Wörter?“
„Jahrelange Therapie“, zuckt sie die Schultern und ist froh, dass sie nicht im Schulkeller sitzen, sondern in Bewegung sind. Sie geht einfach weiter.
„Cool, bin ich nicht der Einzigste in der Runde“, bekommt Willi von Alex eine Ghetto-Faust.
„Einzige“, korrigiert ihn Jasper.
„Magst du was erzählen?“, fragt Vava so typisch Vava.
„Ach, da gibt’s nicht viel. Meine Mum hat mich damals hingeschickt, als mein Vater uns verlassen hat und ich für einen ganzen Sommer nicht mehr gesprochen habe und, na ja, dann

kam der neue Freund meiner Ma und dann der danach und zwischendurch noch Emma auf die Welt und so. So Standard-Krams."
Alle nicken und sind ruhig. Gehen. Jeder für sich und alle doch zusammen. Sie und die Natur. Sie in der Natur. Sie, die Natur.
Irgendwann sagt Alex zu Jasper: „Um was wetten wir, dass du doch ein Echo erzeugst?"
Mo ruft von hinten: „Wenn Jasper doch ein Echo erzeugt, muss er nackt in 'nen Fluss springen. Beziehungsweise, keine Ahnung, der Fluss hier ist so flach und klein, eher ein Bach, oder? Jasper, du darfst auch vorsichtig hineinwatscheln."
Alle lachen.
„Das Leben ist auf unserer Seite, Leute, da wo wir hinwollen, ist 'ne Talsperre. Hah! Jasper, ich sehe dich schon!" „Na, mal schauen, wer am Ende nackt in der Talsperre landet."
Die Freude.

„Leute, wir sind jetzt 20 Kilometer gelatscht, das ist doch heftiger Shit!"
„Ich bin am Arsch." „Das warst du auch vor fünf Stunden schon."
„Ich sterbe!" „Meine Füße sterben." „So fühlt sich Sterben an". „Mo, übertreib's nicht."
„Hier ist es großartig. Gott, was hätten wir getan, wenn es geregnet hätte!"
„Meine Hüfte tut mir komisch weh."
„Ach kommt, Leute, wir waren doch zack zack hier. Echt, sind'n heftiges Tempo gegangen, einfach so."

„Ja, weil wir jung sind. Beziehungsweise waren, jetzt sind wir nicht mehr jung. Den Rückweg sparen wir uns.“ „Quatsch nicht so’n blödes Zeug.“
„Wenn wir nicht zurückgehen, dann haben wir was ausgelassen. Der Rückweg ist doch genauso wichtig, wie der Hinweg.“
„Ok, lasst uns das nach einer klammen Nacht auf dem harten Waldboden besprechen, ja?“

Sie stehen zu fünft auf einer kleinen Anhöhe, schieben die Zweige einer Fichte zur Seite, um nebeneinander stehen zu können, und starren auf die Bevertalsperre; zusammengedrängt, aneinander gelehnt, mit pochenden Füßen und klebrigen Pullis.
Lassen ihren Blick in das Blau der Talsperre fallen und wären beinah hinterhergefallen. So fühlt sich das an, wenn man gefühlt 100 Stunden in permanenter Bewegung war. Man, dieses Hoch und Runter kostet einen doch alles!

@willi.window 27
Der See und der Wald

„Und wo sollen wir jetzt unser Zelt aufschlagen?“, fragt Vava und Mo klopft Alex auf die Schulter.
„Das darf man doch hier 100 pro gar nicht.“

„Stimmt“, Alex grinst. „Die Kunst ist, sich nicht erwischen zu lassen.“
Vava blickt genervt gen Himmel: „Alex, das hättest du uns ja mal vorher sagen können. Wenn die Polizei mich nach Hause fährt, kriegen meine Eltern einen Herzinfarkt. Die denken, wir zelten in Willis Garten.“
„Dann wäre zumindest der Rückweg geklärt“, lacht Mo. „Ziemlich teurer Rückweg, was?!“ Willi starrt weiter auf das Wasser und beobachtet drei Stand-up-Paddler. „Das möchte ich gerne mal machen.“ Sie zeigt mit dem Finger auf die drei kleinen Figuren auf ihren Surfbrettern. „Oh ja, man! Mega!“ Mo legt seinen Arm um Willis Schulter OKAY! „Das machen wir, window, mega Idee!“
„Wenn man sich die überhaupt ausleihen kann. Vielleicht sind das ja private“, überlegt Jasper.

„Ok Leute, folgender Plan“, Alex klatscht in die Hände, als wäre er der Pfadfinderführer. „Wir suchen uns jetzt hier irgendwo eine gute Stelle für unsere Zelte. Irgendwo, wo es ebenerdig ist und wo man uns nicht direkt von dem Wanderweg oder so sieht, dann gehen wir runter an den Bootsanleger und checken das Stand-up-Paddeln ab. Danach gehen wir zur Echo-Stelle und finden heraus, ob Jasper nackt ins Wasser muss. Einverstanden?“ Alle nicken. Alex ist einfach der beste Pfadfinderführer, den man sich denken kann.

Sie klettern durch das Gebüsch, hintereinander und mit geduckten Köpfen, und entscheiden sich für eine Stelle, die genauso aussieht, wie der Rest des Waldes, findet Jasper. Und alle anderen finden das auch. Völlig in Ordnung. Mitten im Wald, relativ gerade, riesige Fichten und, na ja, nur die Wurzeln machen irgendwie Probleme. Weil sie so aus dem Boden ragen wie die knöcherigen Finger eines Greises und einem gegen das Steißbein klopfen. Aber das Problem der Nacht ist halt nicht das Problem des Tages.

@willi.window 28
Warst du schon mal SuP?

Willi steht auf dem Board und ihre Knie zittern. Ihr Herz zittert und sie denkt, sie muss sich jetzt mal konzentrieren.
Die anderen lachen und albern rum und Willi hört, wie irgendwer hinter ihr ins Wasser knallt. Willi hat Angst. Willi schaut nach unten. Die Angst zieht sie. Unerbittlich hinunter. Sie taucht ein, mit dem Kopf zuerst, tief, mit einem Knall und Wasserrauschen überall. Vielleicht fühlt es sich im Mutterleib so an. Vielleicht nicht so hektisch, aber so drehend im Wasser. Wie auch immer.

Verrückt, im Nachhinein darüber nachzudenken, was in dieser Sekundenschnelle passiert ist.

Nichts und Alles.

Willi taucht panisch auf, schnappt nach Luft. Sie hat Angst. Angst vor dem Wasser, das so undurchsichtig dunkel ist, so kalt und so erbarmungslos wässrig.
Und da ist Mo. Ganz nah und zieht sie hoch. Zumindest versucht er es so lange allein, bis die anderen kommen und mit an ihren Armen und Beinen ziehen und dabei mit ins Wasser fallen und lachen und mit Wasser um sich spritzen und so sind, genauso, wie es sein muss.
Willis Herz flattert.

Am Ende sind sie ganz gute Stand-up-Paddler. Zumindest haben sie sich in ihren ausgeliehenen Neoprenanzügen immer wieder gegenseitig auf das Board gehievt. Auf alle Viere und dann aufstehen und dann paddeln.

Und das ist Wow! Wir alle fünf mitten auf dem See, auf der Talsperre (See klingt cooler) Das ist irgendwie episch.

„Leute, wisst ihr, woran ich die ganze Zeit denken
muss?“, fragt Alex in die Runde. „An den Nudelsalat von Jaspers Mutter.“ Alle lachen. „Zurecht!“, findet Mo. „Ich hab auch echt Hunger.“ Alle stimmen zu.
Mit letzter Kraft bauen sie die Zelte auf. Ein Zweierzelt für Vava und Willi, ein Dreierzelt für die Jungs. „Wir hätten die Zelte eben schon aufbauen sollen“, klagt Mo. „Du bist schlimm, wenn du Hunger hast. Richtig schlimm.“ Jasper verdreht die Augen. Alex errichtet eine Feuerstelle und diskutiert mit Vava, ob sie hier ein Feuer machen können oder nicht. „Wir müssen, Vava. Weil der Abend sonst echt traurig und kalt wird. Das passt hier mit den Bäumen und so, glaub mir. Außerdem ist kein Wind und richtig trocken ist es auch nicht. Wir haben Frühling und nicht Hochsommer.“ „Aber einen echt überdurchschnittlich heißen Frühling.“
„Jo, Vava, trotzdem, echt, glaub mir.“ Vava hebt die Schultern. „Tu ich, tu ich.“

Jasper und Mo haben zwei moosige Holzstämme gefunden, auf denen sie jetzt am Lagerfeuer sitzen. Es dämmert. Es wird kälter. Schnell viel kälter und alle kramen sich dicke Pullis und Jacken aus ihren Rucksäcken. Sie futtern den Nudelsalat von Jaspers Mutter und reißen sich Stücke von einer Baguettestange ab und die Jungs werfen sich Cocktailtomaten in die Münder und sie essen fragwürdig riechende kleine Frikadellen, die Alex im Supermarkt eingesteckt hat. Also nicht eingesteckt wie geklaut oder so.

„Leute, wisst ihr, woran ICH immer denken muss?“, fragt Vava. Alle warten. „Daran, dass wir jetzt 25€ pro Person für das SuP bezahlt haben.“

„Und ich muss die ganze Zeit daran denken, dass ICH euch die Kohle vorgestreckt habe. Wenn ihr Papa nicht hättet.“ Alex lacht und alle stimmen ein. „Dürfen wir dich ab jetzt Papa nennen?“, scherzt Mo und Alex hält die Hände zum Gebet: „Darauf habe ich gewartet!“

Das Lagerfeuer knistert und erhitzt die Schienbeine. Wir haben es wirklich klein gehalten und ja, wir hatten 'n schlechtes Gewissen und auch irgendwie echt Schiss!!

Willi fühlt sich satt. So satt und erschöpft wie vielleicht noch nie. Die Wanderung, die Natur, der Wald, die Luft, das Schritt-für-Schritt, der See (die Talsperre), das Wasser, das Fallenlassen ins Wasser. Und außerdem und vor allem noch Alex, Jasper, Vava und Mo. Mo. Als erstes hat sie nach Mo gesucht, als ihre Haare ihr triefendnass auf der Wange klebten und sie nach Luft schnappte wie ein Karpfen.

Ich wollte einfach nur zu Mo. Er ist süß. Wie er grinst.

Willi schnappt sich ihren Notizblock. Er ist wunderschön. Er hat ein Aquarellbild aus blauem Himmel und weißen Sternen, einem Sichelmond und Planeten auf der Hülle. Und wenn sie die Hülle nach oben klappt, fühlt sie sich wie ein Detective aus einem amerikanischen Film. Dann kritzelt sie mit ihrem Bleistift Wörter auf die Seite und hört dem Bleistift beim Schreiben zu. Ich liebe, liebe, liebe es wirklich, das Schreiben. Gut, dass ich das jetzt mal weiß. lol.

Sie überarbeitet den Freude-Text, während die Jungs Äste suchen, die sie für die Marshmallows benutzen können. Vava sitzt neben ihr, putzt ihre Brille und schaut in die Bäume.

Wenn das am Yoga liegt, dass Vava immer sooo chillig ist, dann ist Yoga ab jetzt meine neue

Religion. Wie kann man nur immer so eine Ruhe ausstrahlen?

Freude ist, wenn ich mit Wörtern jongliere,
schnell mir einen Reim notiere,
das macht mir Spaß.
Freude ist, wenn ich mit dem Rad neben Jasper fahre,
und meine Haare wehen dann im Wind.
Freude ist, auf einem Board zu stehen, mitten im See mit euch allen, und dann plötzlich ins gruselige Wasser zu fallen.
Freude ist, auf Papas Schulter zu sitzen und all seinen Witzen zuzuhören.
Freude ist im Bett zu liegen und ’ne Doku zu schauen und aus dem Fenster.
Mich wegzuträumen in Gedanken, dabei Kraft zu tanken, all die Alltagsgespenster mal nicht zu sehen.
Freude ist die Performance-Gruppe und frische Tomatensuppe mit Sahne.
Freude ist Fangen mit meiner Schwester zu spielen, das ist wie Springen von Liane zu Liane, ein Glucksen im Herzen und Zittern in den Knien, das ist Freude, manchmal ist sie so stark wie Schmerzen.

Willi hört Mos Stimme. Achtet auf seine Stimme. Sucht ihn mit den Augen, den Ohren, mit ihrem ganzen Sein. Als hätt ich so'n Radar.

Sie schlägt die nächste Seite auf und schreibt.

„Leuties, wir müssen jetzt echt los. Zur Schlucht. Sonst ist es zu dunkel“, steht Alex mit in die Hüften gestemmten Armen vor ihnen. „Wir haben nur ein Problem“ „Und das ist das Feuer“, vollendet Jasper Alex Satz. „Richtig. Wenn wir das jetzt ausmachen, na ja, dann ist es aus, ne.“ „Ok, dann gehen wir gruppenweise“, schlägt Vava vor. „Find ich gut“, sagt Mo und Willis Blick schnellt zu ihm. Seiner war schon längst bei ihr.
„Hm. Das ist doch voll schade“, Jasper runzelt die Stirn. „Wär doch schon schöner, wenn wir das gemeinsam erleben.“ „Hast recht“, sagt Alex, „aber wir können das Feuer ja nicht brennen lassen. Ne zweite Feuerstelle ist unnötig.“ „Ne, das müssen wir dem Wald hier echt nicht antun“, von Mo. „Ich seh schon, es ist beschlossene Sache“, murmelt Jasper. Vava schlägt ihren Arm um den viel kleineren Jasper, so, als würde sie einen jüngeren Bruder zu sich ziehen. Er grinst und zieht sich seine Kapuze über. „Bei mir gibt's ja eh nichts zu hören, also geht ihr mal.“ Alle lachen, weil Jasper eine Schnute zieht. Mo springt auf und sagt: „Willi, kommst du mit?“

Ihr Herz setzt aus, ein, zwei, drei Schläge. Sie starrt auf ihre Knie, auf denen ihr Notizblock

liegt. Schnell reißt sie die Seite heraus und stopft sie sich in ihre Hosentasche. „Komme!“, ruft sie und springt ihm hinterher. Mit ein bisschen Schmerzen in den Beinen, die sich auch noch auswachsen werden.
„Stopp, ihr Profis, ich muss euch den Weg zeigen“, ruft Alex und holt Willi ein. Mo geht kommentarlos weiter. Aber Willi denkt, Mo würde lieber mit ihr alleine sein. Oder hat sich jetzt hier etwas verselbstständigt in meinem Gehirn? Bastel ich mir gerade eine Liebesgeschichte zusammen, die nur drinnen ist, nicht draußen? Fuck, Willi, lauf nicht über die Schlucht hinaus!

Kapitel 19

Draußen das Echo

Es ist moderig frisch und feucht und grün bis schwarz und die Schlucht ist wow.
Also wirklich, denkt Willi. „Meint ihr, hier ist im zweiten Weltkrieg 'ne Bombe reingefallen oder wie entsteht so eine Schlucht?“
„Ähm, keine Ahnung, kann sein“, antwortet Mo, aber Alex sagt: „Ich denke eher, das Schluchten durch Erdrutsche entstehen, oder? Erdrutsche oder Rütsche?“ Er lacht.
Sie starren auf eine waldige Felswand, aus der dünne Bäumchen wachsen. Ehrfürchtig lassen sie ihre Blicke gleiten.
„Wir sind hier!!!“, brüllt Alex mutig und frei hinaus.
Ihr ihr ihr schallt es zurück. Willis Haut kribbelt sich zu einer Gänsehaut zusammen und sie möchte sich schütteln. Auch Mo ist ganz ergriffen. „Mensch, Alex, du weißt gar nicht, wie cool ich das finde!“ „Ja, ne!“ Alex ist stolz. „Jetzt seid ihr dran.“
Willi und Mo schauen sich an. „Ich weiß gar nicht, was ich rufen soll“, verzieht Willi verlegen ihren Mund.

„Ich will leben!!!“, ruft Mo und breitet seine Arme aus.
Eben, eben, eben
„Jawoll, eben!“, klatscht Alex ihn ab. „Eben, halt!“ Sie lachen. Alle drei.
„Ich will Freude!!!!“, ruft Willi und versucht ihren Kopf auszuschalten. Einfach machen, denkt sie, obwohl sie sich ein bisschen schämt.

Warum auch immer?! Vielleicht, weil man eigentlich nie irgendetwas hinausschreit... Nur so, wenn man böse ist. Und „Du elender Wichser!“ lässt sich irgendwie leichter brüllen, warum auch immer?!

Willi horcht nach.
Leude, Leude, Leude
Sie lachen. Alle drei. Vor Freude.
„War das jetzt Leude oder heude?“, fragt Mo.
„Passt doch beides“, findet Alex. „Heude, liebe Leude haben wir Freude!“ Sie klatschen sich ab und Willi wirft den Kopf in den Nacken, vor Freude und Glück und Mo und allem.

@willi.window 29
Hast du schon mal in eine Schlucht gerufen? Und ein Echo bekommen?

Sie beeilen sich, zurück zur Lagerstelle zu kommen, damit die anderen nicht komplett von der Dunkelheit umhüllt werden, und weil das wärmende Feuer ruft.
Sie torkeln, so schnell es geht, vor Albernheit und Muskelkater.
Alex nimmt Vava und Jasper mit zur nächsten Tour, nachdem er und Mo und Willi euphorisch, überschäumend von ihren Echos erzählt haben.
Und dann sind Willi und Mo plötzlich allein. Das erste Mal wieder, seit der Tischtennisplatte. Ist das Jahre her oder Tage? Oder Minuten? „Ich bin so ergriffen von dem Echo, window. Mich beeindruckt das einfach.“ Er setzt sich rittlings auf einen Baumstamm und zieht sich noch einen Pulli über.

„Bin ich auch“, sagt Willi schüchtern und steht ein bisschen so dumm herum, unentschlossen was sie jetzt machen soll. *Alter, ich bin verliebt. Einfach so, plötzlich passiert. In alles allgemein und in das Leben im Speziellen und in Mo im Besonderen.*

@willi.window 30
Wann weißt du, dass du verliebt bist?

Mo schaut sie mit einem offenen Blick an, sagt nichts und scheint zu überlegen und Willi steht am Feuer und wartet, bis Mo irgendetwas macht. „Komm mal rüber, ja?!“, sagt er ganz weich und deutet auf den Baumstamm, auf dem er sitzt. Sie setzt sich ihm gegenüber.

Er holt ein kleines weißes Viereck aus seiner Jackentasche. Einen zusammengefalteten Zettel. Willis Nacken versteift sich und sie will ihn lockern. Aber sie macht nichts. Sie sitzt unbeweglich da und scherzt steif: „Sag mir nicht, dass du Origami-Figuren faltest.“
Mo nestelt an dem Zettel herum und drückt ihn Willi schließlich in die Hand.
„Dachte, es gefällt dir, quasi den Anfang als Erinnerung zu haben.“

Oh, Mo lächelt nicht mehr!

Willis Verspannung wandert hinter ihre Ohren und in ihre Schultern. Wie eine eiskalte Hand, die sie am Nacken packt und sie erstarren lässt. Hach, irgendwie ist es grad gar nicht mehr locker mit Mo. Willi fühlt sich unwohl. Und doch so wohl.
Willi schaut ihm in die Augen. Grün sind die. Und faltet den Zettel auseinander. Sie liest: *Willi aus der 9c möchte der Performance-Gruppe beitreten. Wie holt ihr sie ins Boot?*
„Ach, cool!“ Willi lächelt den Zettel an. Dann schiebt sie ein „Danke!“ hinterher und dann ein: „Und den hast du aufgehoben…“
„Jap.“

Stille.
„Weil ich mich gefreut hab. So sehr. Du weißt gar nicht, wie."

Oh Gott, Mo! Sag mir bitte, wie sehr!!!

Er schaut runter, auf seine Hände.
„Ich wusste gar nicht, dass..." Willi weiß nicht, wie sie weitersprechen soll.
„Dass ich dich so mag?", vollendet er ihre Frage und lacht. Er rückt sich seine Cap zurecht und die Kapuze seines Hoodies. Er ist verlegen!
„Ja", antwortet Willi.

Was passiert hier??

Sie hören die drei anderen raschelnd und stampfend und lachend näherkommen.
„Leute, das war der absolute Oberhammer!", stürmt Jasper ihnen entgegen. Vava und Alex stimmen zu. „Jasper ist so was von fällig! Der hat nämlich das mega Echo
bekommen!" „Erzähl!"
„Also ich habe gerufen: Bekomme ich endlich mal Resonanz??? Und dann kam zurück: *ganz, ganz, ganz!"*
„Boar, cool!", platzt es aus Willi. „Siehst du!", sagt Mo und fragt Vava: „Und du?"
Vava strahlt über beide Ohren. „Ich habe gerufen:
Wie geht es weiter? Und die Antwort war *heiter, heiter, heiter*!"
„Vielleicht war es auch Eiter", prustet Jasper raus und Alex schießt das Bier aus der Nase.

Jasper bekommt einen Schlag auf den Hinterkopf.

Sie sitzen endlich wieder alle zusammen und das Feuer knistert wärmend weiter, im Gleichklang mit der Chipstüte, die reihum geht und die Marshmallows tropfen heiß und klebrig zischend in die Glut. Das Bier ist warm, die Limo auch, aber sie schlürfen die warme Kohlensäure aus den Dosen, so glücklich, wie man es nur in der Jugend tun kann.
„Also“, startet Mo mit fester Stimme, „diese Marshmallow-Sache ist eine romantische Ferienlager-Vorstellung, mehr nicht. Fieses Zeug, Bah!“ Alle lachen und Vava bewirft ihn mit Marshmallows in Weiß und Rosa. „Ich hab noch Frösche!“ Sie springt auf, kramt in ihrer Tasche und wirft eine Tüte Weingummifrösche in Mos Schoß. „Yeah!“ „Her damit“, ruft Jasper und Willi findet: „Jetzt fehlt uns absolut nichts mehr!“ Mo grinst sie an und Willi grinst zurück und alles stimmt.

Kapitel 20

Drinnen das Echo

„Was war eure erste Aufgabe?“, fragt Willi in die Runde. Alle starren ins Feuer.

„Was willst du hier?“ Mo lacht. „’Ne ziemliche Scheißfrage, wenn man einem Angebot folgt, dann da alleine sitzt und man gefragt wird, was willst du hier. Kommt man sich ziemlich dämlich vor.“

„Und was wolltest du hier?“ Und dabei setzt Willi das *hier* mit ihren Fingern in Anführungsstriche. „Also, ich meine, abgesehen von deiner Vorstellung von einem Impro-Theater?“

Mo überlegt, lässt seinen Blick durch die Gegend schweifen, ohne irgendwo verharren zu wollen. „Ich weiß nicht. Also im Nachhinein kann ich sagen, dass ich genau das wollte, was ich bekommen habe. Aber das konnte ich mir vorher nicht überlegen.“

Willi lacht: „So was kann man sich echt nicht ausdenken.“ Und nach einer Pause schiebt sie

nach: „Ja, aber irgendwer hat's sich ausgedacht."
„Stimmt."
„Fragt ihr euch nicht wer?" Sie schaut in die Runde.
„Ne. Also doch, klar, schon. Aber na ja, ehrlich gesagt, hatten wir, glaube ich, Angst.
Wir haben Vermutungen aufgestellt und dann haben wir sie im Raum stehen lassen. Irgendwie haben wir alle vielleicht gedacht, dass wir den Zauber damit kaputt machen." Alex.
„Außerdem, die Fragen sind so persönlich.
So ..." Vava.
„Ich wars", unterbricht Jasper. Er starrt ins Feuer. Keiner antwortet. Bis Alex fragt: „Wie? Du warst's?"
„Also, ich bin's." Er schaut sie alle an. Alle nach der Reihe. „Ich bin unser Fragensteller, Leute.
Ich hab die Gruppe ins Leben gerufen."
„Das ist jetzt nicht dein Ernst, Jasper!" Vava.
Hör auf, Mensch!" Mo.

Willi presst die Lippen aufeinander. *Was hab ich da ins Rollen gebracht, ey?*

Vava ringt nach Worten, ringt nach Worten, findet keine und kocht stumm an ihrer Wortlosigkeit wie ein Schnellkochtopf hoch, dann stürmt sie wütend in den Wald.
Alex ist fassungslos perplex und Jasper sitzt weiterhin am Feuer, nur zusammengesunkener, starrt er in die Flammen, dann schaut er sich

wieder um: „Leute, echt, es tut mir leid. Ich wollte es euch sagen, die ganze Zeit, aber ich-"
„Was ich?", motzt Mo ihn an und Jasper verstummt.
„Man, Jasper, du hast uns angelogen." Alex springt auf, setzt sich wieder und reibt sich die Stirn.

„Komm, wir gehen ein Stück, ja?", flüstert Mo Willi ins Ohr. Er steht auf und nickt mit dem Kopf in Richtung Düsternis.

Sie schieben sich durchs Gebüsch, bis zum Wanderweg und schlendern nebeneinander her. Stumm.
„Es ist voll kalt und gruselig hier", beschreibt Willi die offensichtliche Situation, einfach, um etwas zu sagen in die Stille und die Kälte und die dunkle Nacht hinein und Mo ergänzt: „...und einfach jetzt scheiße."
„Es tut mir echt leid."
„Was? Das bist du doch nicht schuld."
„Doch, klar, ich hätte damit nicht anfangen sollen. Weiß auch nicht, warum ich so gebohrt hab."
„Quatsch, das war 'ne berechtigte Frage. Vor der wir anderen uns gedrückt haben. Vielleicht, keine Ahnung, weil wir schon irgendwie gespürt haben, dass da sowas bei rauskommt. Und soo gebohrt hast du ja wohl auch nicht. Vielleicht wollte er es auch endlich mal loswerden."
„Kann sein."

Willi sieht seine Mimik nicht. Mo nicht ihre. Der Schein des Mondes ist nicht stark genug. So'n glühender Vollmond wäre jetzt nur angebracht!

Mos Silhouette ist schön. Seine Größe (ein bisschen größer als ich) ist schön. Und die Umrisse seiner Schultern. Sein Gang ist schön und alles an ihm ist so vertraut.
Warum, zum Teufel, hab ich mir Mo nie angeguckt?
Vielleicht, weil er immer schon zu vertraut war?

„Ich weiß gar nichts über dich, Mo. Wir sind in einer Klasse seit der Fünften."
„Ich weiß auch nichts über dich, aber ich sehe dich seit der Fünften."
„Ich hab dich irgendwie bis jetzt nicht gesehen."
„Ich weiß."
„Erzählst du mir was von dir?"
„Ja. Jetzt?" Er lacht.
„Ja, nie ist es besser als jetzt." Willi stößt mit ihrer Schulter gegen Mos.

„Dann nehmen Sie Ihre Plätze ein und seien Sie gespannt! Heute erzähle ich Ihnen die Lebensgeschichte des M. Jenners!“
„Hört! Hört!“
„Ätzend, wenn jemand damit startet, dass es gar nichts über ihn zu erzählen gibt, ne? Aber genau das möchte ich eigentlich am liebsten jetzt sagen.“
Willi beobachtet, wie er wiederholt seine Kappe zurechtrückt. Süß!
„Ich bin halt in einer 08/15-Familie aufgewachsen. Ich wusste es!
Mama, Papa, kleiner Bruder, Hund, im Neubaugebiet. Meine Eltern sind – ich sage es liebevoll gemeint – lockere Provinzspießer: Nicht ganz *outside the box,* aber auch keine konservativen Gute-alte-Werte-Vertreter. Weißte, wie ich das meine?“ Willi nickt lachend und weil er das Nicken bestimmt gar nicht sehen kann, sagt sie noch: „Ich sehe sie 100 Prozent vor mir.“
„Mein Vater arbeitet in der Autoindustrie und meine Mutter ist Sekretärin bei einem Immobilienmakler. Meine Freunde sind hauptsächlich Skater, du kennst meine Freunde, Yannis, Ramon ...“, zählt er auf und Willi unterbricht ihn mit: „Jap, jap.“
„Du weißt, wie ich in der Schule bin.“ Er überlegt weiter: „Ich hab ’ne Slackline im Garten.“ „Ach, deshalb warst du so gut auf dem Board heut.“

„Jo, ich kanns halt einfach, 'ne“, lacht er und breitet seine Arme aus.
Willi verdreht die Augen und sie vermutet, das denkt er sich wohl schon, dass sie das gerade tut.
„Ich will Schauspieler werden, das weißt du. Und ich hatte immer eine sehr enge Beziehung zu meinem Opa. Bestimmt hat er mir die Begeisterung fürs Schauspiel vererbt oder so.“
„Dafür, dass du so bescheiden gestartet hast, redest du aber schon ganz schön lange“, stichelt Willi.
„Ey, window, du bist ja ganz schön böse! Vergraul mich nicht, du bist auf mich angewiesen, hier im tiefen, dunklen Wald.“ Er packt ihr ruckartig in den Nacken. Willi zieht sich zusammen und fängt an zu kreischen.
„Schhh!!“ Mo legt schnell seine Hand auf ihren Mund, „Willst du das die anderen denken, ich hätte dich abgemurkst?!“ Sie kichern. Und als

Mo loslässt, lässt er sie nicht mehr ganz los. Nie

wieder

Er streicht mit seinem Daumen über ihre Wange, zart, so zart, und dann nimmt er ihre Hand.

Willi atmet nicht. Nein. Nie wieder.

Mo dreht sich mit ihr um, Richtung zurück und Willi will weitergehen. Nie wieder aufhören weiterzugehen. Mit Mo. „Weißt du“, sagt Mo in einem leisen, ruhigen, vertrauten Ton, „manchmal habe ich Angst, dass mir das

Schlimme noch bevorsteht. Das Harte." Er hat einfach meine Hand gehalten. Wie sich seine Finger anfühlen! Seine Finger um meine Finger!

„Wie meinst du das?" „Ja, weil alles so gut verlaufen ist in meinem Leben, also bis jetzt. Keine Drogen, keine zerrüttete Familie, kein toter Bruder, keine Flucht aus dem Heimatland, kein Vater, der die Familie verlässt." „Hey, woher weißt du das?" „Na, ein bisschen weiß ich doch schon über dich. Ich hör halt gut hin." Er drückt mit seinem Daumen auf ihren Daumen. Willi drückt zurück.

„Hmm, ich finde das ist ein kluger Gedanke und auch ein total bescheuerter Gedanke. Weil, hm, ich denke, genau das könnte dein Leben scheiße machen. Dass du immer auf das Schlechte wartest. Und was du denkst, das wirst du halt. Du bist dann einfach ein Magnet für das Schlechte."

Jetzt macht Mo: „Hm. Ja, das klingt absolut logisch. Trotzdem hab ich Angst."

„Haben wir alle, oder? Ich glaube nicht, dass, nur weil Jaspers Bruder tot ist, er jetzt denkt: Puh, das Schlimmste hab ich dann immerhin hinter mir. Vielleicht kommt noch mehr Schlimmes."

Das ist so krass. Berührend. Das alles hier.

Verrückt.

Willi atmet einmal tief und denkt: Der Zettel.

Wie süß wir uns Zettel zustecken.

Er pocht in ihrer Hosentasche.
„Mo?" „Ja." „Du hältst meine Hand." Sie spürt sein Grinsen. „Und du hältst meine." „Das hätte ich nie gedacht." „Ich weiß. Aber hey, ich bin der Sunny Boy. Bei mir läuft alles, und dann krieg ich noch das Mädchen, das ich immer wollte."
„Ist das so?", fragt Willi
„Was? Ob ich dich immer wollte? Oder ob ich dich kriege?" Willi windet sich. „Ähm." Der Zettel.

Der Zettel

Sie nestelt ihn aus ihrer Tasche und hält ihn Mo entgegen. „Hier, hab ich eben geschrieben."

Oh Gott, ist das peinlich!

„Neuer Text? Liest du ihn mir vor?"
„Nein."
„Ok, schade."
Soll ich ihn jetzt lesen?"
„Ja. Nein. Vielleicht. Ich weiß nicht."
„Ok, ich lese ihn." Er holt sein Handy aus der Hosentasche und schaltet die Taschenlampe ein.

Scheiße, ist die hell. Warum muss die nur so brutal hell sein?

Freude ist dein Grinsen.
Scheiße, darauf habe ich noch nicht mal 'nen Reim.
Komm, geh mit mir heim, will ich einfach nur sagen, doch das würd ich mich niemals wagen laut auszusprechen, kannst es nur ablesen hier von dem Papier, steh wackelig vor dir und:
Hey, du gefällst mir halt. Ich weiß, das hast du längst geschnallt.

Willi schaut zu, wie Mo ihre Wörter liest. Ihre Wörter an ihn, über ihn. Seine Wörter. Wie seine Lippen sich bewegen. Ihr Bauch kribbelt. Alles kribbelt und am liebsten möchte sie weglaufen, weil sie sich so schwammig fühlt. So, als würde sie sich das erste Mal mit ihrem Körper bewegen. Aber dann würde sie nicht sehen, wie sein Gesichtsausdruck ganz warm wird und seine Augen weich und es in seinen Mundwinkeln zuckt.
Und dann geht das plötzlich alles viel zu schnell und viel zu langsam zugleich, wie als wenn sich zwei Welten mit verschiedenen Zeitrechnungen ineinanderschieben, dass Mo Willi küsst.

Und das ist das Schönste und Vertrauteste, was ich jemals erlebt habe!

Der Kuss dauert ewig und nur eine Sekunde und er schmeckt so sehr nach Mo. Und später denkt Willi, dass sie immer schon wusste, wie Mo schmeckt. Verrückt.

Die Stimmung ist ernüchternd. Still. Heruntergekühlt. Als wäre das Feuer bereits erloschen.
Alex hat Vava aus dem Wald gefischt und da sitzen sie jetzt. Zu dritt, jeder für sich, um das Feuer herum. Und jeder sieht etwas anderes in den Flammen.
„Schön, dass ihr auch mal wiederkommt", murmelt Alex.
„Sorry", presst Willi hervor.
„Dann können wir ja jetzt anfangen", beschließt Alex und es klingt überhaupt nicht feierlich.
„Vava will was sagen", sagt er noch und dann setzt er sich wieder.
„Also, ich glaube, ich habe eben ein bisschen überreagiert. Ich fühlte mich und ich fühle mich einfach hintergangen", dabei schaut sie auf Jasper. „Ich kann so was einfach nicht abhaben, wenn mir jemand die Wahrheit verschweigt und mich ja auch noch anlügt." Stille. „Mensch, Jasper, du bist für mich wie ein Bruder, ey. Und ich dachte, wir sind im selben Team und irgendwie – ach ich weiß nicht."
„Mir geht's auch so", steuert Alex bei und Mo und Willi nicken.

Jasper sitzt erstarrt, mit krummem Rücken und Kapuze auf dem Kopf. Er hat einen Ast in der Hand und stochert im Feuer herum. Eine Träne tropft hart auf den Waldboden. Alex, der neben ihm sitzt, legt seinen Arm um Jasper und sagt: „Komm, erzähl, wie hast du das angestellt?"
Alle rutschen enger aneinander und es wird wieder wärmer. Jasper hebt den Kopf und schiebt sich die Kapuze vom Kopf. Er atmet einmal tief ein und sein Rücken wächst wieder etwas mehr in die Länge.
„Ich wollte einfach keine Ente mehr sein." Ein leichtes Lachen ertönt. „Ne, ernsthaft. Ich wollte, dass mir jemand zuhört, ich wollte Gespräche führen und diskutieren, Und ich wollte, dass mir jemand diese ganzen Fragen beantwortet. Ich hab noch mehr. Ich habe so viele Fragen."
„Aber, man, Alter", haut ihm Mo mit der Hand auf's Knie. „Warum hast du die Fragen nicht einfach gestellt? Also ich meine, du als Jasper?!"
„Ja klar, ich als Jasper. Ich bin der Jüngste von uns. Wer hätte mich denn ernst genommen? Sorry, echt! Hätte ich einfach n Flyer erstellen sollen und dann sagen, ich bin Jasper aus der Siebten, 13 ½ Jahre alt und ich möcht 'ne Gruppe auf die Beine stellen, die dann meine Fragen ans Leben beantwortet?"
„Hm", wird überlegt. „Keine Ahnung." „Ne."
„Seht ihr?"
„Also haste einfach den Performance-Flyer gemacht und dachtest, guckste mal, was draus wird?"

„Ja. War ja ganz anonym, konnte mir ja nichts passieren."
„Und dann sind wir da alle aufgetaucht und du dachtest, lass ich das mal so weiterlaufen."
„Ja."
„Und dann?"
„Was, und dann?"
„Ja, man, wie hast du uns die Nachrichten reingelegt?"
„Hab'n Schlüssel von dem Raum. Irgendwann nach der 8. Stunde bin ich zum Hausmeister und hab gesagt, ich soll mir seinen Schlüssel holen, weil Herr Schling seinen im Lehrerzimmer vergessen hat und ich soll 'ne Leinwand da rausholen."
Vava schaut ihn ungläubig an: „Und das ist nicht nie aufgefallen? Das ist doch ein Generalschlüssel oder?"
„Nicht nie, du bist süß", findet Willi.
„Für die Naturwissenschaftsräume gibt's 'nen Extraschlüssel, das wusste ich, weil ich in der Fünften so 'nen Workshop in Bio hatte, wo diese Referendarin immer 'nen Schlüssel holen musste. Das ist aus Sicherheitsgründen irgendwie, weil da irgendwie wichtige Sachen drinstehen, Chemieraum und so. Ich hab den Schlüssel mitgenommen, nachmachen lassen und am nächsten Tag bin ich zum Hausi und habe die Augen verdreht und gesagt: ‚Herr Schling hat es sich anders überlegt, die Leinwand muss doch wieder raus.' Dann hat Hausi auch die Augen verdreht und mir erneut seinen Schlüsselbund ausgehändigt. Da hab ich

dann, zack, seinen Schlüssel wieder dran gemacht und fertig, geil, oder?“
„Du solltest der Schauspieler werden“, findet Mo anerkennend.
„Krass. Du hattest echt voll den Plan, ne?!“ Alex ist beeindruckt.
„Wisst ihr, irgendwer musste doch mal was starten. Ich hätte nie so was gemacht und ich habe die letzten Monate einfach so rumgedümpelt. Ich war so lahm und gelangweilt und ich dachte: Hey, es muss doch mal was Geiles passieren, aber die Welt ist einfach scheiße langweilig und festgefahren und nur irgendwo anders ist es besser, cooler, lebendiger und so. Aber Jasper hat einfach selbst was gestartet. Was Verrücktes zwar, aber alles andere wäre halt langweiliger gewesen und jetzt sitzen wir hier und das hätten wir nie und so. Und jetzt schmeckt das Leben einfach wieder. Ich mein, mit euch habe ich Fallen gelernt, Leute.“ Willi atmet geräuschvoll aus und schaut ins Feuer. „Also, finde ich“, schiebt sie noch nach.
„Finde ich auch“, sagt Mo und schlägt Willi zustimmend mit seiner Hand auf den Oberschenkel. „Ja, ist voll so.“ Alex. „Ja, natürlich, nur lüg uns nie wieder an.“ Vava.
„Und warum hast du mich reingeholt? Ich meine, du konntest das gar nicht wissen, dass ich mich für die Skulptur interessiert habe.“ Willi.
„Doch, konnte ich“, Jasper grinst stolz und zeigt auf Mo. „Dein Verehrer hat mich drauf gestupst.“

„Wie?“ Willi. „Hä?“ Mo.
„Ja, du hast mir erzählt, dass du irgendwie denkst, irgendwie wäre Willi auf Vavas Skulptur aufmerksam geworden. Und dann hab ich dich gefragt: Wie meinst du? Und dann hast du gesagt: Ja, keine Ahnung, kam mir so vor. Oder so ähnlich. Und dann hab ich angefangen, dich zu beobachten“, sagt Jasper und schaut Willi aus zusammengekniffenen Augen an. „Find ich cool! Also, ich mein, wisst ihr? Nicht, dass ich gerne gestalkt werde oder so, aber na ja, cool.“
„Wirklich cool!“ Alex zwinkert ihr zu. Alle lachen.

„Warum ist das so einfach grad alles? Es ist so viel passiert in den letzten Wochen. Oder waren es Monate? Ich habe das Gefühl, es ist Jahre, Jahre, Jahre nichts passiert und jetzt passiert alles auf einmal. Alles, was sich auch hätte auf die letzten Jahre verteilen können“, sinniert Willi auf dem Rückweg in den Wald hinein, in die Welt hinaus.
Mo sagt: „Mich hättest du auch schon vor ein paar Jahren haben können!“ Er lacht laut auf. Alex und Jasper grölen, Vava wirft ihren Kopf in den Nacken und Willi wendet sich mit heißen Wangen zu ihm um. „Als wir 10 waren, oder was?!“ „So in etwa.“ „Oh oh, window, ihr habt definitiv was nachzuholen.“
Vava hakt sich bei Willi unter, während die Jungs hinter ihnen alberne Witze reißen. „Süß seid ihr!“

„Stört euch das nicht?“ „Was? Nein. Nein, ihr kriegt das schon hin. Und wenn nicht, dann wird die Performance-Gruppe zur Stelle sein,“ Sie zwinkert Willi zu und drückt ihren Arm.
„Ne, aber um noch mal auf das Thema zurückzukommen, ne“, sagt Alex, „ich denke da ja an Vavas Uhr. Die Zeit ist losgelöst. Also“, und dabei bleibt er stehen, stellt sich auf ein Bein, schließt die Augen und die Hände vor dem Herzen zusammen, „es ist immer Jetzt.“
„Alex hat recht“, entscheidet Mo und stupst Alex an, damit der ins Wanken kommt. „Sag ich doch“, antwortet Alex.

„So. Jetzt ist Jasper fällig!“, entscheidet Alex, als sie an einer, wie er findet, guten Stelle entlang der Talsperre kommen. Ein schmaler Trampelpfad geht vom Weg ab und führt vier Meter weiter an eine flache Stelle, gleich einer kleinen Einmündung. „Oh, ein kleiner Mini-Strand!“, entdeckt Willi.
Jasper will sich wegstehlen, da hält ihn Alex auch schon an der Kapuze seines Pullovers fest. „Strafe muss sein und verlorene Wetten müssen eingelöst werden, sowieso.“
„Nackt, echt? Das könnt ihr mir nicht antun!“ Er schlägt in einer gespielten Verzweiflung die Hände vor’s Gesicht. „Kommt! Egal, was ich getan habe, das ist hart!“ „Ja, neee“, sagt Mo „Unterbuxe ist auch ok. Hauptsache, du gehst baden.“

Willi sagt: „Ich geh mit." Mo schaut sie erstaunt an und zieht amüsiert eine Augenbraue hoch. „nackt?" „Ne, in Unterbuxe und T-Shirt", hebt sie die Arme.
Sie wechseln Blicke. Alex, Vava, Mo, Willi und Jasper. Schauen sich an, mit zuckenden, blitzenden Augen. Dann ziehen sie sich die Kleidung vom Körper, Mo nimmt Willis Hand und Willi nimmt Vavas Hand und Vava nimmt Jaspers Hand und Jasper nimmt Alex Hand und dann laufen sie schreiend und grölend und kreischend ins Wasser.
„Vivimus et Vivimus!", ruft Mo und alle stimmen mit ein.

@willi.window 31
Spürst du nackte Füße, kaltes Wasser, Hand in Hand?

Wir sind mit Regenschirmen aus dem Himmel gesprungen und haben Vivimus et Vivimus dabei gesungen. Wir sind gemeinsam und jeder für sich von außen nach innen geschwommen und sind dabei von innen nach außen gekommen.
Sind manchmal die helle Nacht und der dunkle Tag, sind alles und niemand, wie sehr ich mich und euch alle plötzlich mag.
Wir wandern im gleichen Schritt, du gibst mir einen Tritt, stützt meinen Arm, hältst mich warm.

Wir sind mit Regenschirmen aus dem Himmel
gesprungen und haben Vivimus et Vivimus
dabei gesungen.
Wir sind jung und wild und frei und wir fahren
mit dem Rad durch diese ungezähmte Welt!
Nichts, was uns aufhält, nichts, was uns abhält,
wir finden immer mehr, was uns gefällt.
Wir sind nicht mehr zu stoppen.
Alles ist unser Flow.
Unsere innere Stimme ruft: Go! Go! Go!
Wir sind zusammen und allein,
mal Feder, mal Stein,
mal Tag und dann wieder Nacht,
Hauptsache ist, dass man aufwacht.
Wir sind so fly,
das Leben macht uns high.
Ist unsere Sucht,
ich schrei in die Schlucht:
Weil irgendwie verändert mich das.
Das, was hier passiert,
ich glaub, mein Herz explodiert.

Kapitel 21

Es ist alles möglich

Anhang

Fragen der Performance-Gruppe

~ Was willst du hier?
(Diese Frage kannst du für jeden Bereich deines Lebens benutzen, z. B. Was willst du in der Schule? Was willst du im Sportverein? Was willst du im Internet? Was willst du jetzt hier, wo du gerade bist? Oder größer: Was willst du hier auf der Erde? etc.)

~ Hörst du auf deine innere Stimme?

~ Was ist Liebe für dich?

~ Liebst du dich?

~ Magst du deinen Körper?
Wie behandelst du ihn?

~ Was kannst du der Welt geben, was sie noch nicht hat?

~ Bist du ein Vorbild?

~ Vertraust du deinem Instinkt?

~ Hast du Ziele, die du unbedingt erreichen willst? Wenn ja, warum?

Wenn nein, warum nicht?

~ Wie kannst du deine Ziele erreichen?

~ Hast du einen Sinn?

~ Welchen Ratschlag würdest du der Welt geben?

~ Was ist auf der anderen Seite der Angst?

~ Was ist deine Art der Kreativität?

~ Lebst du von innen nach außen oder von außen nach innen?

~ Vervollständige: Wenn alles möglich wäre ...

~ Für welche 3 Dinge in deinem Leben bist du am dankbarsten?

~ Was war bis jetzt dein wichtigster Sieg?

~ Wem oder was hättest du noch deutlicher den Mittelfinger zeigen sollen?

~ Welche 2 Ereignisse in der Welt haben dich positiv oder negativ am stärksten berührt?

~ Was willst du wirklich wirklich?

Ach, es gibt noch so viel mehr Fragen.
Wenn man einmal anfängt, sich Fragen zu stellen, kann man nicht mehr aufhören.
Was sind deine Fragen an dich und an die anderen?
Schreibe sie auf! Und stelle sie!

Ruf sie laut ins Universum!

Und such nach Menschen, die Fragen stellen.

Die letzten 7 Fragen habe ich von einem großartigen Fragensteller abgeschrieben: Veit Lindau.
Schau mal auf seinem powerful-en Instagram-Kanal vorbei.

Danke sagen

Danke an alle, die mich unterstützen und stärken. Danke an die, die meine Fragen beantworten, mir Fragen stellen und mich bereichern, mir Gesellschaft leisten und um mich kreisen.
Danke, dass ich um euch kreisen darf.

Vielen Dank an Bettina Bergmann, die mir die Geschichte, die ich so fließend von innen nach außen geschrieben habe, mit so professionellen Worten von außen nach innen erklärt hat.

Vielen Dank an Aylin, die Willis Hand übernommen hat und uns wunderbare Zeichnungen im Text beschert hat, und die die Instagram- Seite für dieses Buch realisiert hat. Great work!

Vielen Dank an meine Testleserinnen Cosima und Juna, für eure Zeit und euren Zuspruch.

Ich bedanke mich ausdrücklich und überschwänglich bei dir, liebe:r Leser:in.

Wofür? Na dafür, dass du das hier alles gelesen hast. Für deine Aufmerksamkeit. Für deine Zeit. Für dich.